고군산의 섬.섬.섬.

신진철 글 • 그림

그림 에세이
고군산의 섬.섬.섬.

초판 1쇄 펴낸 날 / 2023년 5월 8일

지은이 • 신진철 | 펴낸이 • 임형욱 | 디자인 • 예민
펴낸곳 • 행복한책읽기 | 주소 • 서울시 종로구 창신11길 4, 1층 3호
전화 • 02-2277-9217 | 팩스 • 02-2277-8283 | E-mail • happysf@naver.com
인쇄 제본 • 동양인쇄주식회사 | 배본처 • 뱅크북(031-977-5953)
등록 • 2001년 2월 5일 제2014-000027호 | ISBN 979-11-88502-24-0 03810
값 • 19,000원

ⓒ 2023 행복한책읽기
Printed in Korea

본 도서는 카카오임팩트의 출간 지원금을 받아 만들어졌습니다.

그림 에세이

고군산의 섬.섬.섬.

신진철 글·그림

행복한책읽기

목차

3부 천년의 바다를 품은 섬

바다가 숙명인 사람들에게

세상에 빛을 갚는 마음으로 또 한 권의 책을 내어놓는다.

섬은 바다가 고향이다. 고군산의 섬들은 바다를 잃어버리고, 고향을 잃은 섬들이 소리 없이 사라져가고 있다. 이국적인 풍경만으로도 고군산군도 섬들이 가진 매력은 충분하다. 하지만 수평선 너머 붉은 노을은 아름다우면서도 아팠다. 지금껏 섬을 지키며 살아온 사람들과 여전히 바다를 의지해 살아가는 뭇 생명들. 풍경 너머 그들의 이야기를 담고 싶었다. 그래서 나는 섬으로 갔다.

바다가 숙명인 사람들, 그곳에도 고단한 하루가 있었고 지루한 시간이 흘렀다. 해는 바다 너머에서 떠 올라 이웃한 섬 너머로 사라졌다. 아무 일도 없고, 아무것도 하지 않은 날조차 바다는 몰려왔다 밀려갔다. 해석되지 않는 갈매기들의 울음과 의미를 알 수 없는 파도 소리에 지치면 울타리조차 없는 섬에 어둠은 무너지듯 내려앉았다. 진을 빼는 바람은 늘 어지러웠고 안개에 갇혀 허둥대던 사지는 무력했다. 바람과 안개, 그 너머를 뚫어보지 못하듯 풍경 뒤에 가려진 모든 아픔을 나의 시선은 닿지 못했고, 어눌한 말과 글에 번번이 참담해지곤 했다. 수평선 너머 너머로 하늘과 바다는 그저 막막했다. 그 막막한 바다가 숙명인 사람들에게 이 책이 따뜻한 위로가 되었으면 좋겠다.

작은 책이어도 생각보다 많은 이의 마음과 노고가 담겼다. 인터뷰에 응해준 섬마을 사람들은 물론이고 귀한 자료를 선뜻 내어주었던 지인들. 그리고 '브런치스토리'와 '행복한책읽기' 출판사 관계자들, 특히 어설픈 섬살이의 뒤를 봐준 재홍이 형과 김여임 어머님께 늦은 감사를 드린다. 선유도가 고향이었던 친구, 재홍이의 영전에 놓는다.

2023년 4월
물구나무 신진철

1부
고군산 풍경 너머

내 고향은 폐항
- 여는 글

내 고향은 가난해서
보여줄 건 노을밖에 없네

영화 〈변산〉을 떠올릴 때마다 이 시구가 기억난다. 시는 영화 속 주인공인 학수가 썼다. 변산의 어느 어촌에서 태어난 학수는 가난한 고향이 싫고, 속 못 차리는 아버지가 지겨워서 도망치듯 서울로 갔다. 구실은 래퍼가 되는 꿈을 이루기 위해서라지만 오디션에서 번번이 미끄러지고 만다. 트라우마 때문이다. 사고를 치고 경찰에 쫓기던 아버지는 어머니 장례식장에도 나타나지 않았다. 그런데 어느 날 잊어버린 줄 알았던 전라도 사투리가 잔뜩 묻어나는 전화를 받는다. 병원인데, 아버지가 위독하시단다. 가야 할지 말지, 속도 모르는 친구들의 '싸가지론'에 떠밀려 내키지 않는 고향 걸음을 한다.

죽도록 싫어도 피할 수 없는 것이 있다. 결국 마주해야 한다. 맞붙어 싸우든 화해하든. 고향이나 핏줄이 그렇다. 질긴 인연은 떠난다고 잊히는 것도 아니고, 자른다고 끊기는 것도 아니다. 달아나기만 하던 학수는 뒤돌아선다. 갯벌 진탕에서 어릴 적 꼬붕 노릇을 했던 친구와 뒤엉키고 동네방네 소문을 들은 동창들이 싸움 구경하러 몰려든다. 친구의 자격지심을 풀어

주듯 아버지와 엉켰던 앙금도 풀면서 학수는 자기 자신과 화해한다. 떨쳐 내려고만 했던 고향을 품어 안으면서 새삼 고향 하늘에 피어나는 노을을 새롭게 본다. 이번에는 자신을 첫사랑으로 좋아했던 선미도 함께.

"장엄하고 이쁘면서, 이쁨서도 슬프고, 슬픈 것이 저리 고을 수만 있다면, 더 이상 슬픔이 아니겠다."

선미는 그렇게 말한다.

고군산 일몰

선유낙조. 선유도 해수욕장에서 바라보는 환상적인 일몰은 선유 8경에서 단연 으뜸으로 꼽힌다. 어디서든 붉게 물든 저녁노을은 아름답겠지만 굳이 서해의 낙조를 봐야 할 이유는 따로 있다. 더는 나아갈 수 없는 육지의 끝, 지는 해를 쫓아갈 수도 붙잡아둘 수도 없는 시공간에 걸린 마법이 있다. 그리고 하늘과 바다만으로 양분된 평면 구도에 멀리 또는 가깝게 붙들린 섬들이 빚어내는 긴장이 선유낙조의 큰 매력이다.

여름이 시작되면 고군산의 해는 왼편 대장도와 오른편 멀리 뻗어간 무산십이봉 사이 열린 바다로 떨어진다. 수평선 쪽으로 기울어가며 바다 위로 길게 금빛 수놓은 황천길을 열어간다. 바닷속 용궁까지 이어진 길인지도 모른다. 수면에 가까워질수록 얼마 남지 않은 임종을 직감했는지 하늘은 조바심으로 애를 태운다. 소멸의 순간이 임박하면 태양은 바다 위에 모든 섬을 그러쥔다. 무슨 미련이 남았는지 해는 쉽게 놓지 못한다. 저 황홀한 유혹에 멱살 잡혀 먼 수평선 너머로 불려가지 않으려고 섬들이 저마다 제 그림자를 키워가며 버팀질 한다. 떠 있는 섬들 사이로 귀항을 서두르는 고깃배는 위험천만하다. 섬의 뿌리가 육지에 닿아 있지 않았던들 그들은 일몰의 순간에 해와 함께 진즉 소멸했을 것이었다. 잦아들던 바람이 거친 숨소리처럼 들리는 짧은 순간이 지나면, 마지막 심지를 태우던 촛불처럼 불이 꺼진다. 풀어진 긴장 틈새로 한기를 품은 어둠이 밀려든다. 평화로운 안식을 몰고 온다.

　영화를 보는 내내 불편했다. 영화 때문이 아니었다. 내 고향 심포 때문이다. 비록 다섯 살에 아버지를 따라 전주로 나왔지만, '변산 호랑이'라고 불렸던 상할아버지며, 할머니, 할아버지를 모신 선산이 있고 가까운 친척이 여전히 살고 있다. 만경강과 동진강 물길이 만나는 거전반도에서 제일 큰 포구가 심포항이었다. 마을 사람들이 돌머리라고 부르는 선착장에는 물길을 타고 연안 바다로 드나들던 크고 작은 배들이 몰려들었다. 방금 잡아 온 물고기를 경매하던 수협 어판장도 있었고, 포구와 뚝방을 따라 늘어선 횟집 단지를 찾는 발길로 주말이면 북적댔다. 제법 근사한 모텔도 대여섯 채 있었던 걸로 기억한다.

　집집마다 생합 잡던 그레나 죽합 캐던 써개가 있었다. 노랑꼬막이 흔해 터져서 동네 아낙들이 겨우내 우물가에 모여 꼬막을 깠다. 껍질을 따로 버

선유도해수욕장 노을

릴 데가 없어 안동네에서 돌머리까지 이어진 신작로는 늘 조개껍질 밟히는 소리로 사각거렸다. 노을도 예뻤다. 특히 가까운 망해사에서 바라보는 낙조가 일품이어서 작품 사진을 찍으러 오는 사람도 제법 있었다.

해일처럼 들이닥친 새만금이 모든 걸 바꿔 놓았다. 배를 부리던 어민은 보상을 받고 김제로 익산으로 군산으로, 더러는 자식을 따라 도회지로 흩어졌다. 어업을 포기한다는 조건이었다. 농사지어 먹을 땅이 없으면 아무리 고향이어도 더는 붙어 있을 수 없었다. 바닷일이나 농사일이나 자식에게 대물림하지 않겠다는 부모들의 성화에 자식들은 일찌감치 심포를 떴다. 서울과 인천 그리고 안산과 평택으로 공장일을 찾아 떠났다.

보여줄 건 노을밖에 없다던 학수의 고향만 어려운 건 아니다. 수도권을 빼고 서해 연안을 끼고 앉은 어촌들의 사정은 엇비슷하다. 섬은 더 하다. 내일도 해는 뜨고 노을이 다시 지겠지만, 어촌의 내일이 밝다고 말하기 어렵다. 고군산으로 연결되는 도로가 나면서 실낱같은 희망을 좇아 섬으로 돌아온 젊은이들이 더러 있다. 낚싯배를 장만하거나 민박을 친다. 풍경 좋은 자리를 골라 카페를 시작한 친구들도 있다.

'노을이 밥 맥여 주냐'던 여임씨의 말처럼 선유도 노을이 밥도 먹여주는 그런 날이 왔으면 좋겠다.

개장을 며칠 앞둔 어느 날, 예감이 좋다. 이른 저녁을 먹고 멍개와 점순이를 앞세우고 노을 구경을 나선다. 굳이 같이 가자는 말도 없었는데 어디로 무엇을 하러 가는지 개들은 이미 알고 있는 듯싶다. 몇 발자국 앞서 자주 뒤돌아보며 뒤처진 내 걸음을 재촉한다. 선유도 생활이 아직 낯선 멍개는 노을 지는 해변 산책을 유난히 좋아했다. 그렁그렁한 어린 강아지 눈망울에 맺힌 붉은 해가 더없이 붉기만 하다.

신시도 구불길

바다를 질러 뻗어나간 길은 직선이다.

직선의 의지는 분명하다. 출발점과 종점을 최단 거리로 이으려는 직선은 가장 빠르게 닿으려 한다. 잠시의 해찰이나 잡념도 허락하지 않는다. 단호함은 원근의 소실점을 향해 집중되어 있다. 길 위의 모든 사물이 오직점 하나로 빨려든다. 멱살을 잡힌 듯 자동차는 무력하게 끌려간다. 헐거운 공기의 저항은 물살의 그것과 비교할 바가 아니다.

군산 비응항에서 신시도를 찍고 부안 새만금홍보관을 잇는 방조제 길, 연장 33.9 킬로미터 도로를 달리는 자동차는 축지법 쓰는 손오공의 근두운처럼 내달린다.

'제한 속도 80'은 최저 속도로 이해된다. 흐름을 방해하지 않고, 민폐를 끼치지 않으려면 밟아야 한다. 달려야 한다. 경사도 굴곡도 없는 평면에 놓인 이 길에서는 낭만 따위도 없다. 뒤를 돌아볼 틈조차 엄두 내지 못한다. 그저 밋밋하다. 방조제 길이로 세계 최장이라는 기네스 기록은 근대 토목 기술이 자랑처럼 내세우던 지표였다.

장자도까지 들어가는 약 8킬로미터 연결도로는 신시도가 기점이다. 반듯하게 이어가던 길은 이곳에서 갈린다. 군산시 구불7길도 이곳에서 출발

한다. 구불길은 섬이 품고 있는 봉우리 능선과 해안 길을 돌아 마을까지
이어진다. 월영봉으로 가는 길은 시작부터 고개를 타고 오른다. 해안 자락
을 우회하는 연결도로가 나기 전까지 신시도 주민들이 뭍에서 장을 보면
넘어 다녔던 고개다. 방조제 길이 열리고 섬 주민들은 너나없이 차를 갖기
시작했다. 장을 본 물건을 차에 싣고 신시광장 주차장에 차를 놔둔 채 짐
을 지고 월영재를 넘었다. 산 아래 오토바이에 다시 짐을 옮겨 싣고 마을
까지 갔다. 험하지는 않아도 짐 진 걸음으로 넘기엔 만만찮은 경사다. 번
거로운 일이었지만 굳이 배를 타지 않고도 뭍을 나다닐 수 있다는 것은
분명 새로운 경험이었다.

정자가 있는 고갯마루에서 길은 네 갈래로 나뉜다. 마을로 향하는 길은
곧장 내리막이고, 199봉으로 가는 왼편 오르막이 있다. 오른편 능선길을

타면 월영봉이다. 어느 봉우리에 서든 고군산 일대 풍경이 파노라마로 펼쳐진다. 섬의 무리는 모진 풍파에도 흩어지지 않고 잘 견뎌왔다. 봉우리 사이사이 연결도로가 마치 명주실로 꿰어놓은 듯 각각의 섬을 이어가며 수평선까지 멀어진다. 특히 일몰에는 그만한 황홀경이 따로 없다. 늦가을 단풍은 선유팔경 중 하나로도 꼽는다.

월영봉 아래 되내기 뜰에서는 아직 벼농사를 짓는데, 해방 이후에 외국의 원조를 받아 간척했던 논이라고 한다. 짙푸른 하늘과 바다를 배경으로 황금색 물결과 붉은 단풍이 숨을 가로챈다. '바람 열린 너울 길'이란 이름이 새롭다.

신시도 구불길에서 바라본 고군산 전경

월영봉 정상에서 몽돌해변까지는 곧장 내리막이다. 산자락을 타고 내려가는 길에서 시선은 방조제를 오른편에 두고 야미도를 찍고 비응항까지 거침이 없다. 겨우 2백 미터 내외의 봉우리라지만 숫자만으로 상상할 수 없는 풍경은 바다 위에 뜬 섬이 내어줄 수 있는 매력이다.

대각산 전망대까지는 가파른 오르막인데, 반듯하게 다져놓은 길 대신 삐죽삐죽 솟아난 바위를 타며 올라야 한다. 잠시 전 해변에서 골랐던 숨이 다시 벅차오른다. 오르락내리락 가을 하늘까지 이어진 구불길은 드문드문 최치원의 설화가 남겨진 흔적을 더듬어 가는 길이기도 하다.

맑은 날 대각산 정상 전망대에서는 수평선 너머 중국까지 보인다고 한다. 중국 땅에서 우는 닭 울음소리를 들었다거나, 최치원의 글 읽던 소리가 이국까지 닿았다는 말도 전한다.

크게 깨달아 대각산大覺山, 깊이 은둔했다

는 심리深里, 배움을 통해 새로움을 다졌다는 신치新峙. 지명 하나하나에 담긴 그의 흔적을 곱씹다 보면 남쪽 능선을 타고 내리는 발길은 마을 어귀로 이어진다.

신시도는 물 위에 뜬 섬처럼 급물살을 타고 있다. 입구부터 버젓한 신축건물이 들어서고, 둥그런 포구를 따라 이어진 선착장 길도 깔끔하다. 골목골목 숨겨진 담장에 벽화들이 새롭다. 고군산 일대에 전해 내려오는 설화에 애환 섞인 주민들의 삶이 포개져 고단한 이야기 꽃을 피웠다.

변화의 물살은 마을 정경만이 아니다. 전기와 물을 육지에서 끌어오게되면서 발전소는 부지만 남겨놓고 흔적도 없다. 옛 마을 터에는 산림청이운영하는 휴양림이 새로 들어섰고 조만간 13층 높이 호텔도 지어질 전망이다.

마을 입구 갈림길에서 방조제 쪽으로 뻗어나간 길을 따라가면 간척한논둑을 지나 199봉을 끼고 배수문 전경을 볼 수 있지만, 월영재로 곧장 이어진 지름길을 타면 저물어가는 해를 등지고 처음으로 되돌아 나온다.

멀리서는 엄두도 안 나던 가파른 오르막도 쉬엄쉬엄 수다를 섞어 가다보면 어느덧 정상이고, 힘들게 올랐다고 하염없이 주저앉아 있을 수 없어터벅터벅 아쉬운 내리막을 타야 한다.

땀이 나고 숨이 차오르다가 그럭저럭 바람에 땀을 식히고 숨을 돌리기도 하는 길, 구불길 위에서는 종종 풍경에 넋을 빼앗기기도 하고 방향을잃기도 한다. 등에 진 짐의 무게를 느끼며 온전히 두 발로 걷는 길, 사람사는 이치가 또한 그렇지 않던가.

구불길은 사람 냄새 물씬 나는 길이다.

한국인의 밥상

섬마을 빨랫줄에는 빨래보다 생선이 더 자주 걸린다. 갑오징어도 널리고, 잔갈치도 걸린다. 서대나 박대도 단골이다. 시선을 압도하는 건 단연코 아귀다. '배고파 죽은 귀신'을 연상시키는 이름처럼 흉측스러운 몰골이다. 사납게 가시 돋힌 검붉은 피부에 커다란 주둥이, 더구나 내장까지 발라낸 허연 속살은 전혀 식욕이 돌지 않는다. 호기심에 사진기를 들이대기도 하지만 줄줄이 걸린 모습이 결코 아름다워 보이지 않는다. 간혹 시커먼 파리떼라도 달라붙어 있다면 어떻게 저런 걸 다 먹을 생각을 했을까 싶다.

바닷바람과 햇볕에 반쯤 말린 아귀는 꾸덕꾸덕한 식감 때문에 찾는 사람이 많다. 속풀이에는 맑은 지리로 끓여내는 탕이 좋지만, 콩나물과 미나리를 매운 양념과 버무려 먹는 찜이 인기가 많다. 걱정스럽던 겉모습과 달리 뼈나 가시가 억세지 않다. 군산이나 서천 같은 이름을 단 식당과 전문 체인점까지 생겨날 정도로 시장이 커졌다. 뱃사람들 말로는 아귀가 그물에 걸려 올라오면 '재수가 없다'며 버렸었다고 한다. 굳이 아귀가 아니어도 광어며 우럭이나 돔같이 값나가는 물고기가 흔했기 때문이란다.

고군산 섬사람들 밥상은 〈한국인의 밥상〉에 가끔 소개되곤 한다. 새벽

찬 바람을 맞고 그물을 보고 온 자식의 허한 속을 달래주는 얼큰한 아귀탕. 무녀도 갯벌에 지천으로 널린 굴을 따다 끓인 칼국수 한 그릇. 꽃게가 제철인 계절에 빨갛게 버무린 양념게장과 간장꽃게장. 출연자들은 "뭐 이런 거가 테레비 나올 꺼리냐"며 쑥스러워하면서도 진행자의 찰진 말솜씨와 넉넉한 웃음에 한껏 정성을 더 한다. 촬영할 때부터 떠돌던 동네 뉴스는 방송이 나간 후에도 한참이나 화제가 된다. 국민배우 최불암씨와 함께 찍은 인증 숏은 더없는 자랑거리다. 바지락을 캐는 공동작업을 할 때나 이웃끼리 어울린 저녁 술자리에서는 다음 출연자와 메뉴를 점찍기도 한다.

바다에서 갓 낚아 올린 재료는 싱싱함이 묻어 있다. 생명이 아닌 먹을 것으로 바라보는 시선에 죄책감을 따지는 건 나쁜 관념론자다. 먹고 먹히는 먹이사슬의 고리에서 인간도 자유롭지 못하다. 운명의 순간을 직감한 피식자의 몸부림에 꿈틀거리는 식욕을 느끼는 순간만큼은 우리도 포식동

물이다. 포구까지 돌아가기를 기다릴 이유가 없다. 칼과 도마 그리고 초고
추장과 소주 한 모금. 굳이 직업적 어부가 아니어도 그 맛을 못 잊어 휴일
마다 낚싯대를 챙기는 사람이 어디 한 둘인가.

포구로 돌아오면 그물이 찢어지도록 물고기 떼를 만난 행운은 여러 군
데로 나뉜다. 홀어머니를 모시는 형님네로 보내고, 나이 들어 더는 배를
타지 못하는 늙은 어부네로도 가고, 지난번 신세 진 이웃 몫도 따로 챙긴
다. 바로 먹을 수 없는 것은 소금에 절이고 햇볕과 바람에 말렸다. 날씨가
궂어 뱃일을 못 나가거나 빈 그물을 털어야 할 때도 삼시세끼 끼니는 매
일매일 돌아온다.

말린 생선과 젓갈은 냉장고는 물론이고 전깃불도 귀하던 시절에도 식구
들 배를 곯지 않게 했다. 나눌 줄 아는 지혜는 고립된 섬에서조차 마을이
살아남았던 명쾌한 비결이다. 남는 것은 뭍에 나가 팔기도 하고 쌀이나 과

23

일로 바꿔 먹었다. 이 바다가 예전만큼 풍요롭지 못해도 아직껏 멸치를 말리거나 액젓을 담는 집들이 남아 있다.

자연에서 나는 것들은 제철이 따로 있다. 봄철 주꾸미가 알을 품고 어린 쑥이 자랄 무렵 도다리 맛이 그립다가, 여름 삼복더위를 민어로 견뎌낸다. 벚꽃이 만발하는 계절에는 알을 품은 꽃게를 잡지만, 가을 찬바람이 일기 시작하면 살 오른 수꽃게 철이 돌아온다. 바다에 의지해 살아가는 일이 고되다지만, 때를 놓치지 않고 맛을 느끼며 살 수 있는 점 하나, 호사라면 호사다. 오죽하면 가을 전어 철이 되면 집 나간 며느리도 돌아온다는 속담이 생겼을까.

섬사람들의 밥상은 소박하지만 따뜻하다. 마음이 담긴 밥상은 무언의 소통이다. 어머니의 밥상은 아들의 입맛에 맞춰 차려진다. 시원한 굴 칼국수 한 그릇을 나누자며 혼자 사는 이웃 언니를 부르는 건 애틋함이다. 손맛으로 담그는 게장은 멀쩡한 직장 때려치우고 배를 탄다며 자식 속을 긁어놓은 미안함이다. 호사스러운 표정도 없고 화려한 찬사도 생략된 화장기없는 얼굴 같은 다큐멘터리가 벌써 십 년 넘게 장수하는 비결은 밥 한 그릇에 담긴 사연들 때문이기도 하다. 애틋하다. 먹는 사람도 보는 사람도 음식이 불러오는 아련한 추억으로 풋풋한 사람 냄새에 허기진 도시 생활의 빈자리를 채운다. 엄마 젖을 찾아 품을 파고드는 어린아이 같은 원초적 그리움이다. 바다에서 길들어진 입맛은 고향을 떠나도 잊을 수 없다. 더러 그 맛을 잊지 못해 돌아오는 사람도 있다.

갯강구와 지네 그리고……

곤충昆蟲, 벌레, 전라북도 사투리로 '벌거지' 또는 '버러지'라고도 한다. 분류학 용어인 곤충에 비해 벌거지나 버러지는 비하적인 냄새를 품고 있는 말이다. 사람에 빗대어 이런 표현을 쓰면 자칫 시비가 붙거나 멱살 잡힐 수도 있다. 벌레라는 단어는 학문적으로 엄격하게 구분되는 곤충보다 훨씬 포괄적으로 쓰여서, 학자들이 곤충이 아니라고 가르쳐도 사람들은 벌레라고 부르는 종류가 생각보다 많다. 심지어 어떤 사람은 곤충의 '곤'이 사람과 어울려 살기 곤란하다는 의미로 '곤란할 곤困'이 아니냐고 반문하기도 한다. 갯강구와 지네도 그렇다. 섬사람들은 그들을 '벌레' 또는 '벌거지'라고 일컫는다.

섬 생활에 익숙해지는 것 또는 섬사람이 된다는 것은 이들과의 공존을 의미한다. 떠밀려온 물고기 사체 밑에서 구덕구덕 기어 다니거나 방조제에 그늘진 물구덩이에 드글드글 모였다가 발자국 소리에 순식간 흩어지는 존재. 징그럽다. 긴 더듬이 한 쌍을 곧추세운 흡사 바퀴벌레와 닮은 외형도 그렇고 절대 다가오지도 않으면서 결코 멀리 도망가지도 않는 습성 때문에 경계심을 떨쳐낼 수도 없다. 한두 마리도 아니다. 언제나 수십에서 수백 무리를 지어 저만치 앞에서 흩어졌다 뒤돌아보면 다시 스멀스멀 기

갯강구

어 나오곤 한다. 그들은 떼를 지어 몰려다니다 밤에는 어두운 곳을 찾아 한데 모여 쉰다. 아침이면 해안가 주변 지저분한 쓰레기를 뒤져 먹는 잡식성이다. 뿌리는 바퀴벌레약으로 감당하기에 턱없이 많다. 포기하고 익숙해지는 도리밖에 없겠지만 시간과 인내심을 요구받는다.

신발을 찾으려고 시선을 내려놓는 찰나 번갯불처럼 질주하는 시커먼 그림자에 넋이 빠지는 때가 있다. 수건에 달라붙어 있다가 기겁을 하거나 무심결에 잡은 젖은 행주 속에서 꿈틀대는 무엇에 소름이 돋는 순간도 있다. 이 불청객은 방심의 순간에 가장 내밀한 방 안까지 찾아온다. 이상한 낌새에 소스라치게 놀라 일어나보면 이불 속까지 파고든 뻔뻔한 지네와 마주친다. 그렇게 짜릿한 만남은 쉽게 잊히지 않는다. 더욱이 지네는 갯강구와 달리 독을 지녔다. 목숨을 위협받을 정도로 치명적이지 않다고 알려졌지만, 더러 심하게 붓거나 통증 때문에 고생했다는 사람도 없지 않다. 어쩌면 지네에 대한 공포는 독보다는 허를 찌르는 갑작스런 출현 때문에 극

대화 되는 듯하다. 섬 목회 활동차 다녀갔던 뭍에서 온 사역자들의 기록에 한결같이 빠지지 않는 대목이 지네 이야기다. 충격은 몇 달이 지나도 쉽게 누그러들지 않는다.

축축한 곳을 좋아하는 지네는 섬마을이나 산자락에 붙은 집 주변에 유난히 많다. 다른 계절에는 잘 보이지 않다가 봄에 날이 풀려 번식기가 되면 짝짓기 때문에 자주 눈에 띄게 된다고 한다. 여러 민간요법이 있지만, 딱히 해독제가 있는 것도 아니어서 주의가 필요하다는데 말이 그렇지 막상 눈앞에 상황이 닥치면 오줌을 지릴지도 모른다. 좀처럼 친해지기 어려운 존재들이다. 갯강구와 지네는.

반딧불이나 나비, 장수풍뎅이도 모두 곤충이지만 사람들은 그들이 징그럽다고 하지 않는다. 어른 손가락 크기 풍뎅이 애벌레를 직접 만지기도 하고 나비나 반딧불이를 찾아 먼 걸음을 마다하지 않는다. 함평의 나비 축제나 무주의 반딧불이 축제는 해마다 성황이다. 곤충 보기 어려워진 도시

장자도 포구

를 찾아가는 곤충전시회가 인기고 심지어 미용과 피부에 좋다는 식용 곤충 체험 코너도 발걸음이 밀린다. 진로를 고민하는 청소년이나 농촌에 새로운 활력을 모색하는 농민과 시군 지자체도 적극이다. 그렇다고 해도 갯강구나 지네로 고군산 생태관광 특성화 전략을 고민해 보자는 말은 차마 못 하겠다. 더러 말린 지네가 약재시장에서 비싸게 팔려 부업을 하거나 술을 담는다는 건 알고 있다. 갯바위 낚시할 때 갯강구를 미끼로 쓴다는 글은 도감에서 읽었지만 실제로 그래봤다는 말은 듣지 못했다.

나는 아직 이 섬에서 반딧불이를 보지 못했다. 하지만 몇 해 전 새만금 방조제가 마무리되던 즈음, 부안 해창 해안 일대에서 엄청나게 출몰했던 늦반딧불이 소식은 알고 있다. 새만금홍보관 인근이고 새만금 바다를 지켜달라며 세웠던 장승 무리가 가까운 곳이다. 원조를 자처하며 부안의 명물이 된 바지락죽 가게들이 몰려 있기도 하다. 소식을 전했던 이는 곤충농원을 운영하며 마을 이장도 맡아 하던 사람이었다. 그러나 원인을 설명하지는 못했다. 그 지점이 부안댐에서 흘러 바다로 이어지는 물길 때문에 늘 습해서 반딧불이 유충의 먹이가 되는 달팽이가 많기는 해도 몇 해 동안 반짝 개체 수가 늘었던 이유는 모르겠다고 했다.

그런 까닭에 무녀도 갈대 무성한 폐염전이나 신시도 논과 저수지 그리고 관리도의 버려진 농지에 무엇이 살지 궁금했다. 혹시나 하는 마음으로 풀숲을 눈여겨보았지만 두어 번 뱀에 놀란 다음부턴 엄두조차 내지 못했다. 별처럼 비상하는 성체를 확인하려면 해가 저문 다음 서너 시간을 놓치지 말아야 하겠지만, 아직은 늦반딧불이가 나오는 가을도 애반딧불이가 보이는 계절도 아니었다. 다만 아름다운 고군산군도 섬들의 밤 풍치에 낭만적인 상상력 하나 혼자 더해본다.

바람과 안개

바람 잘 날 없는 곳이 섬이다. 시도 때도 없이 불어 닥치는 바람 때문에 잠시도 방심할 수 없다. 무심코 내어놓은 쓰레기통이나 살림살이가 나뒹굴는 실수는 다반사고 햇빛 가림막은 묶어도 묶어도 쉴 새 없이 들썩거려서 밤잠을 설치게 만든다. 태풍 예보라도 뜨는 날이면, 작은 섬은 송두리째 흔들린다. 선착장에 묶어둔 배는 말할 것도 없고, 지붕부터 창문과 문짝 단속까지 바람 샐 틈 없이 살펴야만 한다.

섬사람들은 바람이 터졌다고 말한다. 그런 날은 갈매기들도 멀리 날지 않는다. 포구 가장자리를 따라 해안 절벽에 부딪쳐 솟구쳐 오르는 바람을 타고 그저 활공했다. 목적 없는 그들의 비행은 가벼웠다. 힘들이지 않고 한곳에 오래 머물렀다. 섬과 새가 아득한 하늘을 배경으로 숨죽인 시간 위에 머물러 있는 동안 꿈틀거리는 바다는 섬을 길들여 왔다. 혹시라도 사리 때하고 맞물리기라도 하면 방파제를 우습게 넘는 파도에 봉변을 당하는 게 섬살이다. 당연지사 그물을 살피러 나갈 수 없다. 마실 나갈 엄두도 쉽지 않고 방안에 그저 처박혀 지낼 도리밖에 없다.

  바람은 보이지 않지만, 바람이 지난 자리는 역력하다. 줄이 풀려 뒤엉킨 김발도 손봐야 하고, 흔적 없이 사라진 부표도 다시 묶어야 한다. 부서지고 헐거워진 살림을 다시 고치고 조여야 한다. 늘 해야 할 일을 만드는 바람 덕에 섬살이는 심심할 틈도 게으름 부릴 여유도 주지 않는다. 바람은 이겨낼 수 없을 때까지 집요하게 물고 늘어지며 진을 빼놓는다.

  속수무책으로 만드는 건 안개도 마찬가지다. 일교차가 큰 계절이면 시시때때로 안개는 몰려온다. 자고 일어나면 밤사이 진군해온 안개에 포위된 하루는 아무것도 할 수 없다. 어김없이 여객선이 끊긴다. 약간의 바람과 파도에 운항하던 배도 안개 앞에서는 무력하다. 더러는 예보도 없이 덮쳐들기도 한다. 가까운 바다로 배를 몰고 나갔다가 바람을 타고 거침없이 몰려드는 안개구름에 갇히기도 한다.

한 번은 사선을 얻어타고 명도에 다녀온 적이 있었다. 소개받은 사람을 만나고 돌아오는 길에 느닷없이 안개가 만났다. 미리 먼발치에서 몰려오는 심상치 않은 기류를 봤지만 나를 태운 작은 배는 안개의 추적을 따돌리지 못했다. 내비게이션으로 짐작해볼 때 장자도와 명도 중간 즈음 암초와 등대가 있는 근처였다. 그 항로는 수시로 고깃배와 유람선도 지나는 곳이다. 육지로 치면 번잡한 도심 도로 한복판에 놓인 꼴이었다. 암초 위에 세워진 등대는 전혀 보이지 않았고 바로 뒤에서 키를 잡은 선장 모습조차 흐릿했다. 시동을 끄고 안개가 걷힐 때까지 기다리자니 조류를 탄 배가 어떻게 흘러갈지 몰랐다. 선장은 뱃전 앞을 살피는 나의 시력과 목소리에 기대어 길을 더듬어갔다. 레이더가 없는 작은 배는 바로 코앞까지 다가오는 큰 배를 피할 도리가 없다. 궁여지책으로 랜턴을 흔들고 소리도 질러보지만 금방 묻히고 말았다. 바다에 떨어지기라도 하면 누구의 도움도 기대할 수 없었다. 이러다가 죽을 수도 있겠구나 싶었다.

그러기를 삼십여 분, 마침내 안개구름을 벗어났다. 천행이었다. 뱃전 앞으로 몰려가는 구름 뒤편은 전혀 딴 세상 같았다. 장자도 포구에 배를 대고 뭍에 발을 디디자 한숨이 터져 나왔다. 서 있던 다리 힘부터 풀렸다.

그날 저녁 술자리는 자연스럽게 안개가 안주로 올라왔다. 해무가 짙게 낀 날, 갯벌이나 바다에 나갔다가 돌아오지 못한 이야기들이 쏟아졌다. 너나없이 포구로 몰려 나가 봉홧불 피우듯 횃불을 들고, 징을 울리고, 고함을 질러 돌아올 길을 더듬도록 했다고 한다. 운이 좋아 살아남은 사람도 있지만, 돌아오지 못한 이웃들도 적지 않았다. 어릴 적 친구 아버지, 가까운 친척 어르신, 그리고 일찍 돌아가신 형님……

평소에는 입에 올리지 않고 가슴에만 묻어두었던 이름과 기억들이었다. 한 번씩 그런 변고를 당하고 나면 마을 전체가 침울해지곤 했다고 한다. 나이를 따져 순번을 정하는 것도 아니어서 언제라도 내 차례가 될 수 있었다. 두려움 때문에 섬을 떠날 생각을 수백 번도 더 해보지만, 아직껏 섬에서 벗어나지 못하고 있는 이들이었다. 숙명이라고만 여기기엔 너무 무력한 아픔과 상처를 품고 있었다. 섬마을 사람들은.

그리고 해마다 이 계절이면 잊지 않고 해무는 찾아온다.

새만금 상괭이의 죽음

죽음을 감지해 낸 것은 후각이다. 해변 가장자리 모퉁이를 돌아서면 부터 짓무른 젓갈 썩어가는 악취가 코를 후벼 든다. 호기심에 이끌린 걸음이 바람 끝을 더듬어가다 꼬리가 자갈밭에 묻힌 한 물고기의 주검을 찾았다. 제법 다 자란 아이만큼이나 큰 덩어리의 실체는 '상괭이'다. 등지느러미가 없고 이마에서 턱까지 직선에 가깝게 내려온 안면부, 벌어진 주둥이 틈으로 드러난 이빨은 사람 마냥 고르게 자리 잡고 있다. 죽은 지 제법 오랜 시간이 흐른 듯 등지느러미 자리는 깊게 짓물렀다. 윤기가 흘렀을 표피가 벗겨진 자리가 이미 진한 갈색으로 퇴색되고 있다. 파리가 들러붙은 눈두덩과 동전만한 가슴팍 상처에서 구더기가 끓어 넘친다. 좀 더 가까이 시선을 붙여 보았지만 더는 주검을 들춰볼 엄두가 나지 않는다. 기껏 이름 정도나 알고 있는 몽매한 바다 지식으로는 그 상괭이의 사인을 추론해낼 수 없었다.

주민들의 반응은 심드렁했다. 흔한 죽음일 뿐이었다. 눈요깃거리도 되지 않는데 호들갑스럽게 카메라를 들이대고 있는 모습이 도리어 별스러웠던지 지나가던 입들이 한두 마디씩 적선한다. 한 해에도 두어 차례 겪는 일이라고 한다. 간혹 어부들의 그물에 걸려 죽기도 하고 지난 주말처럼 폭우가 퍼붓고 파도가 거칠게 들고 일어나던 다음 날이면 어김없이 떠밀려

33

온다고 한다. 죽은 상괭이를 먹어봤다는 이의 말로는 영낙 없이 고래 고기 맛이란다. 지난봄 방축도 해변에서 그리고 말도 바깥 바다 쪽 송장배미 옆 장불에서도 죽은 상괭이를 봤다. 섬사람들은 이 작은 고래를 '쇠물돼지'나 '무라치'라고도 불렀다.

상괭이Neophocaena phocaenoides는 쇠돌고랫과에 속하는 여섯 종 고래 중 하나다. 살았을 때 몸빛은 회백색이지만 어린 새끼는 윤기 나는 검은 빛깔을 가진다. 다 자라면 어른 키만큼 자라는데 등지느러미 대신 약 1센티미터 정도 되는 융기만 있어 배 위에서 식별하기가 쉽지 않다. 바다와 강을 오가며 살아서 최근 한강 하류에서도 종종 눈에 띄곤 한다. 어느 환경단체가 '토종 돌고래를 살리자'는 캠페인을 벌이면서 제법 알려졌지만, 예전에는 바다 일 하는 어부와 전문가나 알고 있던 종이다. '멸종위기에 처한 야생동식물의 국제거래금지조약CITES'에 등록된 상괭이가 상업적 거래가 금지된 보호종이라는 사실도 최근에야 알려진 사실이다. 국제적 멸종위기종이지만, 우리 바다 서·남해에서는 비교적 흔하다. 고래연구소의 연구에 의하면 서해에만 3만 6천여 마리 정도 서식하며 우리나라 연안 전체에 약 4~5만 마리가 살 것으로 추정하고 있다. 인도양 연안에서부터 동남아시아 그리고 일본과 한국의 바다에 널리 분포하지만, 하구를 끼고 수심이 얕은 바다를 좋아해서 조석 차가 크고 해안선이 복잡한 우리나라 서해에 집중되어 있다. 그런데 살아서 눈에 잘 띄지 않는 상괭이는 간혹 그 주검으로 생존 여부를 증명하거나 보호의 필요성을 시위하기도 한다.

지난 2011년 2월 3일, 새만금방조제 안쪽 호수에서 떼죽음을 당한 상괭이 무리가 발견됐다. 2006년에 물막이 공사가 끝나고 4년이 지난 시점이었다. 최초 발견한 어부는 해양경찰에 신고했고, 나흘 후부터 수면에 떠오른 주검과 연안으로 밀려온 사체들이 수거됐다. 수거 과정에서 폐사한

고래들이 대량으로 확인됐다. 대량 폐사한 상괭이가 발견되면서 새만금방조제 안쪽에도 상괭이가 서식한다는 사실이 처음으로 밝혀졌다. 2월 24일까지 3주간 확인된 개체만도 223마리였다. 고래류의 집단 죽음은 간혹 있는 일이지만 마지막 사체가 수거된 4월까지 총 249마리에 달하는 집단폐사는 유례없는 사고였다. 어쩌면 기네스북에 오른 새만금방조제의 길이만큼이나 대단한 기록이 될 수도 있었다.

지역 언론사 기자들이 취재를 나왔고 현장을 다녀간 환경단체가 즉각적인 성명서를 냈다. 성명서는 상괭이 떼죽음의 진상을 철저히 밝히기를 요구했고, 방조제 수문 관리의 허점을 지적했으며 새만금호의 수질 상태를 의심했다. 해수 유통의 필요성이 재차 강조됐고 '무분별한 생태계 파괴'와 '묻지마식 개발이 가져온 후과'라는 해석이 반복됐다. 사인을 밝히기 위한 부검의 필요성이 제기됐고 전북대학교 수의병리학실로 옮겨진 사체 중

비교적 상태가 양호해 보이는 8구가 골라졌다. 국립수산과학원 고래연구소에서도 연구책임자가 파견됐다. 부검 결과를 기다리는 눈과 귀가 많았다. 샘플 선정과 측정치에 대한 오류의 가능성도 고려해야 했고 사전에 말이 새는 것도 신경써야 했다. 공동연구는 결과치에 대한 해석에도 서로의 의견이 엇갈릴 수 있어 여간 부담스러운 작업이 아니다. 얼어 죽었을 가능성을 배제할 수 없으므로 사고 기간 인근지역 기상 데이터가 수집됐다. 새만금에서 죽은 상괭이들의 영양상태를 확인하기 위해 2010년 서해 연안에서 그물에 혼획된 77마리의 지방층 두께가 비교됐다. 8마리 중 수컷 한 마리와 암컷 세 마리가 해부되어 소화기의 내용물이 분석됐다. 수질오염에 따른 의심에 확답을 주기 위해 필요한 조직과 장기의 중독 여부를 확인해야 했고, 세균에 의한 감염이나 질병 여부도 빠뜨리지 않았다. 부검은 10일부터 2주간에 걸쳐 진행됐고 부검을 의뢰했던 기관에 최종 결과가 전달됐다.

2월 25일 전주지방환경청 새만금유역관리단이 보도자료를 배포했다. '상괭이의 폐사와 새만금호의 수질 연관관계가 없다'고 머리말을 뽑았고 '한파로 인한 질식사'라고 끝을 맺었다. 한국농어촌공사 새만금사업단은 환경청의 발표를 인용하여 고래들의 죽음이 40년 만에 몰아닥친 한파 때문임을 재차 강조하며 혹시나 모를 비판의 표적에서 멀찌감치 비켜섰다. 얼마 후에 연구에 함께 참여했던 국립수산과학원 고래연구소와 전북대학교 수의과대학 그리고 한국농어촌공사 새만금사업단의 연구자들 공동명의로 한국수산과학지에 논문이 발표됐다. 연구 논문은 다양한 근거들을 종합해 상괭이 죽음의 원인을 추적했지만 '물에 사는 고래가 물에 빠져 죽었다'는 결론이 달라지지는 않았다.

새만금방조제 배수갑문

섬마을 빈집

번듯한 펜션들 사이에서 문득 빈집 하나가 발길을 붙잡는다. 우체국 돌아 선유도 진말 안쪽, 마실 삼아 나선 길이었다. 도로에 인접해서 외지지도 않고 선착장에서도 멀지 않으니 제법 목도 좋은 자리다.

낮은 담장 너머 마당에 잡초가 우거지고, 빈 빨랫줄에 색이 바랜 집게가 하릴없이 남았다. 집안으로 드나드는 문은 꼭꼭 입을 다물었고 장독 단지며 신발 몇 켤레조차 없는 것이, 작심하고 이사를 한 모양이다. 무슨 사연으로 집을 비웠을까.

주인은 바닷일을 했었나 보다. 그물에 매달아 바다 위에 띄우던 부표가 길을 잃고 마당 한쪽에 뒹굴고, 물고기 대신 바람에 들썩이던 지붕을 붙잡아 놓은 허연 폐그물을 보니 왠지 그렇다. 안테나보다 성능 좋은 접시 수신기도 한쪽에 처박혔고 젓갈을 담았을 법한 고무통마저도 뒤집어 놓았다. 늦은 봄 빈집 마당엔 꽃 피기 직전 망초가 그득하다. 그 사이로 기득권을 주장하는 아주까리가 키를 키웠지만, 왠지 옹색하다. 남겨진 화분 몇 개는 일찌감치 명아주며 강아지풀이 차지했다. 아마 김양식이라도 했었나 싶다. 마당 가로질러 처마 여기저기 묶은 줄이 네 줄이고 두 개 장대가 늘어진 속옷 고무줄 같은 빈 줄을 겨우 붙잡고 있다.

　돌아가시기라도 한 걸까. 아니면 더는 힘든 바닷일을 할 수 없어 뭍에 있는 자식에게 간 것일까. 어떤 이유건 더는 사람이 살지 않는 옛집의 처분은 자식들 손에 넘겨졌을 테지만, 다시 섬으로 돌아와 살 자식들은 없을 것이다. 그렇다고 당장 처분하자니, 다리가 연결되고 길도 나면서 나날이 들썩이는 땅값 시세를 지켜보고 있는지도 모를 일이다.

　태어나는 아이는 없고, 돌아가시는 어른들만 남겨졌으니 섬 인구는 갈수록 준다. 빈집이 늘면서 애지중지 가꿔왔을 텃밭도 풀밭이다. 더러 연고가 있는 사람들이 낚싯배를 마련하고 집도 장만해서 귀촌한다지만 드문 일이다. 선유 2구 해수욕장을 끼고 몰려 있는 가게들도 밤이면 육지로 퇴근한다. 비수기에는 아예 며칠씩 장사를 접기도 한다. 고군산 일대 섬이 속한 옥도면 주민등록상 인구는 3천2백여 명(2022.1. 기준) 정도라고 하지만 실거주 인구는 절반 정도 된다고 한다. 특히 겨울나기가 쉽지 않아 한겨울 섬은 사람 구경 쉽지 않다.

학교는 더 심각하다. 해방 직후인 1946년에 개교한 선유도초중학교에는 2022년 3월 현재 초등학생 4명, 중학생 7명이 전부다. 무녀도초등학교는 12명, 신시도초등학교는 야미도분교 1명을 포함해 모두 5명이다. 아직 학교가 남아 있는 세 개 섬을 통틀어 초등학생이 21명이고, 중학생이 7명이다. 나머지 섬 학교들은 진즉 폐교됐다. 1991년에 고군산, 관리도, 말도 분교가 문을 닫았고, 이듬해 명도, 방축도 분교도 마찬가지다.

지금은 사라진 고군산국민학교 교정

그중 장자도에 있었던 고군산국민학교는 일제강점기였던 1930년대 초반에 가장 먼저 인가를 받았다. 하지만 마을 사람들 기억으로는 그 이전부터 일본어를 가르치고 찢어진 신문지에 글씨 연습을 했었다고 한다. 남아 있던 학교 부지와 건물은 고군산 연결도로가 뚫리면서 주차장 터를 마련하려고 철거됐다. 단층 건물에 오래된 은행나무들을 뒤에 세운 학교였었다.

선유도초중학교에는 그 당시 어린 나이에 부모와 떨어져 선유도로 유학 와야 했던 아이들이 쓰던 기숙 건물도 남아 있다. 날씨가 험한 주말에는 배편도 끊겨 내내 학교 운동장에서 놀거나 해수욕장 주변을 배회하기도 하고 아니면 교회에 나가기도 했다고 한다. 아이들이 섬을 떠나면서 본의 아니게 떨어져 지내는 가족이 많아졌다. 생업도 해야 하고 자식들도 가르쳐야 하는 고충이다.

연결도로가 나고, 개발에 대한 기대는 새로운 인구 유입 수치보다 땅값이 먼저 알았다. 장자도는 평당 가격이 3백만 원까지 올랐다고 하고 연결도로 인근에는 평당 3천만 원짜리 매물이 나왔다는 소문도 떠돈다. 출퇴근처럼 오가는 사람은 있어도 아이들 데리고 들어오는 사람은 아직 드물다. 선유도초중학교와 무녀도초등학교는 올해 겨우 졸업식을 치렀다. 각각 1명 학생을 졸업시켰지만, 내년에도 할 수 있을지는 장담할 수 없다.

관리도 유람기

　대장봉에서 바라보는 섬은 한눈에 들어찬다. 여객선으로 고작 10분 거리, 좁은 해협이지만 관리도는 아직 배를 타고 들어가야 하는 온전한 섬이다. 고함이라도 지르면 들릴 것도 같다. 코앞에 섬을 두고도 하루 두 번뿐인 배편을 기다려야 하는 관리도는 가까워서 더 조바심 나게 하는 섬이다. 마을은 포구가 있는 곳지 하나뿐이다. 오래전, 간첩이 출현하여 십이동파도에서 주민을 납치했던 사건 때문에 서너 개로 흩어져 있던 마을을 하나로 모았다. 여객선은 마을 포구에서 제법 떨어진 발전소 근처 선착장으로 드나든다. 마을로 들어가려는 걸음이 아니고 관리도의 진풍경을 즐기려면 발전소 뒤편에서 능선으로 갈라지는 오르막을 탄다.

　야트막한 오솔길이다. 바닷바람을 견디고 자라는 곰솔은 솔잎부터 뻣뻣하고 나무껍질도 훨씬 어둡다. 먼바다에서 불어온 풍파에 밀리듯 기우뚱한 나무들이 모여 이루는 솔숲은 바람이 없어도 넘어질 듯 보인다. 출렁거리는 솔잎 사이로 갈라진 바람이 파도 소리처럼 들린다. 중턱에 당집이 있던 자리를 지날 즈음이면 기분부터 오싹해진다. 80년대 중반까지도 마을 당제를 지냈었다고 하는데 관리도 영신당도 지금은 터만 남았다.

　마을에서 공동으로 지내는 당제 말고 개인별로 지내던 유왕제가 있다. 용왕님께 풍어와 안녕을 빌고 바다에서 사고를 당한 이들의 넋을 위로하는 제사다. 남성이 제주를 맡아 지내는 당제와 달리 여성이 주관했다. 특별한 음식을 준비하는데, 망식이떡이다. 쌀가루를 팥죽 새알처럼 둥글게 만들고 개떡처럼 납작하게 한 후 콩이나 팥으로 고물을 묻혀서 만든다. 객선 터 부근 바다로 뻗어나간 바위 어디쯤 적당한 자리를 잡고 고사를 마치면 제물로 썼던 음식을 바다에 던진다. 귀신들이 배불리 먹고 가라는 의미라고 한다. 귀신이나 사람이나 배가 불러야 편해지는 이치는 이승과 저승이 다르지 않은 모양이다.

관리도 해안절벽

낙조 전망대는 마을 뒷산 정상을 지나 내리막길에 있다. 관리도 서편으로 펼쳐진 바다는 그저 막막하다. 초점 하나 맞출 작은 섬조차도 없는 수평선은 멀미가 날 정도로 원근감이 없다. 차라리 사방팔방으로 열린 정상 풍경이 더 낫다. 점점이 멀어져가며 끊어질 듯 이어진 무산십이봉도 그렇고 관리도를 한눈에 담았던 대장봉과 장자도의 풍광도 이국적이다. 특히 저녁노을에 취한 암벽이 시시각각 붉어지다가 짙고 푸른 어둠을 머금어가는 장면도 관리도가 아니면 볼 수 없다.

 전망대를 지나면 출렁거리듯 작은 봉우리를 이어가는 능선길이 계속된다. 깃대봉으로 이어지는 길은, 하나는 남고 둘은 부족한 폭을 지녔다. 좁은 길로 걷는 산행은 점을 선으로 잇고 따로 또 같이 묶어가는 걸음이 편하다. 능선의 오른편은 가파른 낭떠러지다. 세월의 힘으로 깎아지른 절벽이지만 벼랑 끝에서 절벽의 장관은 보이지 않는다. 다만 깃대봉 정상을 지나 꺾어지는 길목에서 멀리 뻗어나간 쇠코바위와 만물상 장관을 비스듬히 가늠해 보며 상상력을 더해볼 따름이다. 같은 절벽을 보면서도 만 개의 불상을 찾아내는 시선이 있고 수만 병사의 도열로 바라보는 눈길도 있다. 바위의 이름은 인간의 욕망이 빚어낸 것이다. 보고 싶은 것을 보는 것, 결국 내면의 자기를 들여다보는 것이다.
 길은 여러 차례 갈라진다. 해가 아직 중천이면 쇠코바위까지 다녀와도

관리도 쇠코바위

좋지만, 선택에는 대가도 따르기 마련이다. 인적은 여전히 드물고 가파른 길은 매력이 있지만, 무언가 도사리고 있을지 모를 두려움도 따라붙기 마련이다.

마을로 돌아오는 길은 들고나는 해안을 따라간다. 시멘트로 포장된 널찍한 길 위에서 걸음은 느긋해진다. 서너 가구씩 모여 있었을 성싶은 터가 보이면 이런 곳에 집 짓고 살아볼까 싶다가도 고개를 젓고 만다. 마을 사람들이 모여사는 집터를 빼고는 이미 외지인에게 넘어갔다는 말이 떠올랐다. 귀신같이 냄새를 맡고 덤벼드는 투기꾼을 당해낼 재간이 없다. 거래는 없어도 한번 오른 땅값은 떨어질 줄 모른다. 그렇다고 들어와 살려는 것도 아닐텐데…….

문득 배 시간에 쫓기기 시작하면 한눈도 팔지 못한다. 관리도를 제대로 느끼려면, 하루쯤 머물다 가야 한다. 그래야 얼굴 붉히도록 빨갛게 달아오르는 노을빛에 흠뻑 애를 태우기도 하고, 밤새 쏟아지는 별빛에 맞아 멍이 들기도 한다. 앞바다에서 건져 올린 제철 생선은 눈으로 보는 바다와 입으로 맛보는 바다가 어찌 다른지 알게 한다.

배를 타는 수고도 필요하다. 더러 관리도 바깥 절벽을 멀찍이 지나는 유람선도 있지만, 낚싯배를 얻어 탈 수도 있다. 운이 좋으면, 하늘로 뚫린 쇠코바위 천공굴 가까이 배를 바짝 붙이기도 하고, 이런저런 이야기를 섞어가며 눈요기를 시켜주는 입심 좋은 선장도 만날 수 있다. 관리도 바깥 절벽에 펼쳐놓은 세월이 빚어 놓은 숨은 절경을 빠뜨리고서 관리도 유람을 자랑하기는 어렵다.

한여름이 아니면 장자도나 선유도에서 바라보는 해는 관리도 너머로 기울어간다. 어둠을 등지고 바다를 건너오는 마을의 불빛은 조용하다. 고단한 하루를 마치고 곤히 잠들어 가는 섬사람들의 하루처럼 평온해 보인다.

지구연대기, 말도 습곡구조

믿거나 말거나.

아주 먼 옛날, 바다 밑에서 땅이 솟아 산이 되고, 다시 봉우리 턱 밑까지 바다가 차올라 섬이 되었다는…….

아직 세상 물정 모르는 손주에게 들려줄 성싶은 까마득히 먼 옛날이야기다. 만년설로 뒤덮인 히말라야에서 조개와 바다 생물의 화석이 발견되었다는 소식을 들어도 그것은 그저 아득히 먼 나라 이야기처럼 들린다. 복날 삼계탕 그릇에 담긴 어린 닭이 쥐라기 공원을 휘달리던 공룡의 후손일 거라는 말은 당최 믿기지 않는다. 푹 삶아진 살이 씹을 것도 없이 무력하게 뜯기는 저 생물체가 한때 잔혹한 포식자로 집단사냥을 했을 만큼 영악한 사냥꾼의 진화물이라니. 그 말이 사실이든 아니든 과학이 밝혀낸 지구연대기에 관한 비밀들은 부정할 수 없는 진리로 받아들여진다.

지구의 나이를 1년으로 환산하면 12월 31일 자정 임박해 출현하게 되는 인류에게 45억 년이라는 시간은 무한의 개념이다. 마치 하루살이에게 인생의 생로병사를 이해시키려는 것처럼 무모한 시도인지 모른다. 하지만 믿을 수 없다고 사실이 아니라고 주장할 수 없다. 과학의 힘은 지구의 중력을 벗어나 달나라도 가고 화성에도 탐사선을 보냈다. 또한 지난 백 년 사이 과학이 이룬 성과 중 하나가 방사성 연대측정법을 통해 지구의 나이

방축도 떡바위

를 계산해낸 것이다.

　서해로 뻗어가던 여맥이 듬성듬성 무리를 이룬 고군산군도, 그 섬들의 뿌리가 육지에 닿아 있다고 해도 섬에 들어가려면 바다를 건너야 한다. 고군산군도 중에서도 가장 끝 섬, 말도까지는 군산 연안여객터미널에서 하루 한 번 뜨는 배편으로 세 시간이 조금 덜 걸린다. 만약 장자도에서 출발하면 평일 두 번, 주말에는 세 번 운행하는 객선을 이용할 수도 있다. 뱃삯이나 시간을 아낄 수 있지만, 고군산군도 12개 봉우리가 마치 무사들이 도열한 무산십이봉武山十二峯 풍광을 놓치지 않으려면 전자가 낫다.

　횡경도에서 방축도, 광대섬, 명도, 보광도, 말도까지 차례로 짚어가는 섬들이 고군산군도 북쪽을 울타리처럼 두르고 있다. 선유 8경 중 하나로도 꼽힌다. 덕분에 안쪽에 자리한 선유도와 무녀도, 장자도는 여름 태풍과 겨울 한파를 피할 수 있다. 방축도와 명도, 말도는 아직 사람이 살고 있지만 사이사이 놓인 섬들은 선착장은 물론이고 배편도 따로 없다.

군산항에서 출발한 객선은 야미도와 횡경도 사이를 지나 신시도를 끼고 우회해서 '진또강'이라고 불리는 선유도와 무녀도 사이 좁은 물길을 따라갔었다. 장자도까지 자동차도로가 뚫리면서 뱃길도 바뀌었다. 고속도로가 아닌 시골을 지나는 길의 매력처럼 예전에는 이국적인 풍경들로 소문난 고군산군도의 속살을 찬찬히 들여다볼 수 있었다. '책바위' 또는 '떡바위'라고 불리는 광대섬도 빠뜨리면 안 된다. 광대섬은 방축도와 명도 사이에 놓인 무인도다. 크게 침식된 섬의 남측 절벽 사면에 드러난 습곡구조는 심하게 뒤틀려 있다. 마치 조물주가 실수로 떡시루라도 엎어버린 듯 층을 이룬 바위의 결들은 굽이지고 들쭉날쭉하게 요동치고 있다.

말도에는 객선이 닿는 선착장이 두 군데다. 평상시에는 마을과 가까운 안쪽 선착장에 배를 대지만, 물때나 날씨에 따라 마을에서 한참 벗어난 바깥쪽 선착장으로 오가기도 한다. 바깥쪽 선착장에 내리면 곧 갈림길이다. 등대와 피항 시설을 갖춘 포구가 있는 왼쪽과 마을로 이어지는 오른쪽 길이다. 초행길이거나 딱히 서둘러야 할 목적이 있다면 고민이 되겠지만. 어느 쪽 길을 택하든 길은 다시 만난다. 섬 전체 둘레라고 해야 겨우 3킬로미터 남짓한 작은 섬이다.

2009년 6월 9일 국가지정문화재(천연기념물 제501호)로 지정된 '군산말도 습곡구조'는 마을로 가는 오른편 길에 있다. 약 1킬로미터 남짓한 해안 길을 따라 절개된 사면에 노출된 지질층을 볼 수 있다. 문화재청의 설명으로는 고생대 이전 선캄브리아 시기에 생성된 암석층이라고 한다. 지금까지 원형이 남아 있는 사례가 매우 드물고 보존상태가 좋은 편이어서 학술과 교육적 가치가 뛰어나다고 선정 이유를 밝혔다.

약 5억 7천만 년, 아득히 먼 시간은 가늠되지 않는다. 대신 눈앞에 남겨진 그 흔적의 실체 위에 손을 내밀어본다. 체온보다 차가운 무생물의 온기, 분명 저 노두의 뿌리는 지구의 심장으로 뻗어 있을 것이다. 아득히 먼 옛날 해수면 아래로 켜켜이 쌓인 세월의 무게가 퇴적되고 변성되고 뒤집히고 뒤틀려서 생긴 주름이다. 사나운 파도와 거친 바람을 견디며 아물어온 생채기다. 하지만 주름진 지층에 눌린 시간의 무게를 알 수 없고, 굽이진 세월의 깊이 또한 잴 수 없다. 닿을 수 없는 시간의 거리만큼이나 인지의 영역을 벗어난 숫자는 무한에 가까운 경이로만 겨우 짐작될 뿐이다.

다만 뒤집히고, 뒤틀린 섬의 모습이 섬사람들의 삶을 닮아 있다. 그 또한 신기할 따름이다.

말도 습곡구조

성자가 아닌 청소부

식객으로 지냈다. 그렇다고 그저 놀고먹을 수는 없었다. 잠시 다녀가는 여행길이면 모를까 제법 오래 묵기로 한 이상, 얹혀 지내기로 한 사촌 형의 뱃일과 식당 일을 거들기로 했다. 할 일은 많았다. 고장 난 펌프 수리를 돕거나 바람에 날려간 차양막 수선 같은 허드렛 일도 그렇지만 식당 일은 특히 손이 많이 갔다. 아침에 일어나면 환기부터 시키고 테이블과 바닥 청소로 시작한다. 주방에서 밑반찬 준비하는 거야 형수와 주방 이모가 전담하겠지만 어쩌다 손님이 몰리면 설거지부터 밀렸다. 형수는 주방을 넘나드는 시동생의 발길이 편하지 않은 기색이어도 극구 말리지는 않았다.

일과가 마무리될 즈음이면 양동이로 두어 개 음식물 쓰레기가 나왔다. 대체로 매운탕을 끓여내는 횟집 차림이라 먹다 남은 생선 뼈와 조개 껍질, 밑반찬 재료들이 뒤섞인 걸쭉한 찌꺼기는 곁에 오래 두기 어렵다.

어떻게 치워야 하나. 전용 봉투에 담아 내놓거나 음식물 쓰레기 수거통이 따로 있는 도시가 아니다. 전용 수거 차량을 기다릴 수도 있겠지만 아직은 아니다. 잠깐 서서 머뭇거리는데, 사촌 형이 그냥 바다에 버리란다. 대부분 바다에서 건져 올린 것들이니 돌려보내면 바다가 알아서 할 거라며. 생각해보니 그 말도 틀린 말이 아니다. 다만 찜찜한 기분은 가시지 않았다.

   소각용 폐기물은 마을로 들어오는 귀퉁이에 버렸다. 어느 정도 양이 모이면 태웠다. 불을 놓는 사람이 따로 있는지는 알지 못했지만, 분명 누군가 불을 놓았고 시멘트 블록으로 둘러싸인 불은 시커먼 연기를 내뿜었다. 간혹 부탄 가스통 터지는 소리도 들렸다. 태울 수 없는 쓰레기나 고장난 가전제품 처리는 어떻게 하나 싶었는데 궁금증은 금방 풀렸다. 마을마다 고물을 모아놓는 장소가 따로 있었다. 대체로 눈에 잘 띄지 않는 외진 곳이나 별도 가림막을 해둔 장소를 기웃거리면 김 양식에 쓰였던 파란색 약품 상자들이나 녹슨 자전거부터 냉장고, 세탁기, 텔레비전 따위의 행방을 추적할 수 있었다. 선유 3구 선착장 한쪽에는 아직 번호판조차 떼지 않은 봉고차도 있고 숙박 손님을 실어나르던 전기 카트도 여러 대 있었다. 규모는 제각각이지만 이런 공간은 고군산군도 섬마다 있었다. 주로 배가 닿는 선착장 구석 자리였다. 사정을 알아보니 1년에 한두 차례 대형바지선에 실어 군산으로 실어 간다고 한다.

말도에서 만난 전임 옥도면장은 깊은 속사정을 털어놓았다. 정작 심각한 문제는 눈에 보이지 않는 쓰레기라고 했다. 섬 둘레를 따라 골진 자리마다 파도에 밀려오는 쓰레기는 규모도 파악하기 어렵고 치워도 치워도 끝이 없다. 바다를 건너온 중국발 페트병도 있고 인근 바다 양식장에서 떠밀려온 부표용 스티로폼, 버려진 어구들이 가득하다. 더러 조류를 따라 떠돌던 폐그물이 항해하던 선박의 스크루에 감기는 사고도 일으킨다. 무전 시설이나 수리 장비를 제대로 갖추지 못한 소형 선박 같은 경우 먼바다로 떠밀려가거나 불상사로 이어지기도 한다. 위험천만한 일이다. 그뿐만 아니다. 간혹 인터넷에는 플라스틱 빨대를 꽂고 신음하는 거북이나 뱃속 가득 플라스틱을 삼킨 채 해변으로 떠밀려온 죽은 새의 영상이 떠돈다. 몇 해 전 방영된 어느 다큐멘터리는 태평양 한복판 한반도 면적의 7배가 넘는 플라스틱 섬의 존재를 알리기도 했다. 정말이지 외면하고 싶은 불편한 진실이다.

생명을 키워내지 못하는 바다, 그 바다가 품은 섬의 운명도 마찬가지다. 생기를 잃어가는 바다를 지켜보겠다고 나선 사람들도 있다. 해변으로 밀려온 폐기물로 작품도 만들고 교육도 하는 예술인을 만난 적이 있었다. 어느 스쿠버다이빙 동호회가 바다 밑바닥 쓰레기를 주워내는 봉사활동을 한다는 소식을 들은 적도 있다. 올레길에서는 '클린 올레' 캠페인을 벌인다. 올레꾼들이 자발적으로 쓰레기를 모아 지정된 장소에 모아두면 수거해간다. 조깅을 하면서 쓰레기도 줍는 소위 '플로깅'이나 '줍깅' 행사가 열리기도 한다. 아예 '제로 웨이스트'를 선언하거나 '미니멀 라이프'를 선택하는 사람도 있다. 행사를 기획하고 참여하는 사람들 모두 귀한 존재다. 성자가 아닌 이상 자신이 버린 것도 아닌 쓰레기를 줍는 일이 어찌 신나

말도 어느 해안가의 쓰레기더미

고 재미나는 놀이라 할 수 있을까. 그런데도 한결같이 즐거운 표정들이다.

　자동차로 손쉽게 닿을 수 있는 섬, 시도 때도 없이 사람들이 몰려올 것이다. 덩달아 새로운 골칫거리도 따라올 것이다. 전기며 물 소비도 늘 것이고, 주차장 부지도 마련해야 한다. 제때제때 쓰레기도 치워야 한다. 군산시나 관련 기관에서 대책도 마련하고 예산도 세우겠지만, 식당이나 상점 그리고 펜션을 운영하는 주민들 고민도 필요한 일이다. 번거롭고 마땅찮은 일에 솔선수범할 사람이 많지 않기에 예상되는 바가 없지 않지만, 더는 예전처럼 살 수는 없다.

무녀도 모감주나무

뭉게구름이 그려내는 여름 하늘이 상상력을 키워낸다. 호랑이 구름에 쫓기던 토끼가 양떼 무리에 급히 몸을 숨기더니 커다란 아가리를 벌린 용으로 변신하자 주춤하던 호랑이가 혼비백산 흩어지고 만다. 지루한 오후 일정이 따분했던지 구름 사이 태양도 숨바꼭질을 마다하지 않는다. 징검다리를 겨우겨우 건너듯 나무 그늘로 옮겨가며 걷는 걸음인데도 등짝은 벌써 땀이 찬다. 먼바다에서 불어오는 바람은 솔숲 아래 바람처럼 맑지 않다. 무겁고 끈적한 바람은 땀을 식히지 못하고 목덜미는 이미 버석거리는 소금기로 끕끕하다.

바닷물이 밀려 나간 무녀도 서들이마을 앞 갯벌은 뙤약볕에 무방비로 맨몸뚱이를 드러냈다. 조각 그늘 하나 없이 숨통을 조여오는 적막만 바짝 엎드려 있다. 이 계절에는 바지락 공동작업도 쉰다. 사람만 힘든 게 아니다. 7월의 태양 아래서 칠게도 구덩이 속으로 몸을 감추고 바지락도 펄 속 깊이 파고든다. 모처럼 쉼표가 찍힌 갯벌의 고요가 바다를 끼고 살아가는 생명들에게 힘든 고비 넘는 법을 가르치고 있다.

작은 안내판 하나가 잡풀 더미 사이에서 눈길을 끈다. 천연기념물로 알려진 모감주나무가 자라는 군락지라고 소개하고 있다. 지자체에서 세워둔

듯싶은데, 바랜 사진과 흐릿한 글씨가 초췌하다. 귀한 존재이므로 보호가
절실하다고 적힌 글씨는 무기력해서 가슴을 무찔러 들지 못한다. 가까이
서너 그루 그리고 선유도 망주봉 방향으로 뻗어나간 섬 자락을 따라서 드
문드문 이십여 그루가 보인다.

붉은 꽃심을 품은 황금색, 뜨겁게 피워낸 열정이 폭염에도 주눅 들지 않고 당당하다. 여름 장마가 시작되기 직전 꽃을 피운다. 꽃이 드문 계절인 탓인지 짙은 노랑색 꽃이 파란 하늘 아래 더욱 유난하다. 서양에서는 황금비를 불러온다고 알려져 있다. 비바람 속에서 선연한 꽃비가 뚝뚝 떨어지면 나무 발치 아래에도 꽃이 핀 듯 환하다. 번영이라고 했던가. 누구의 상상력인지 몰라도 꽃말을 지어 붙인 사람의 마음이 묻어난다.

꽃이 지고 나면 미색의 꽈리가 부풀어 오를 것이다. 세 개로 나뉜 방마다 작고 단단한 구슬이 두 개씩 들어찬다. 검은 광택을 내는 열매는 새끼손톱만큼이나 작지만, 금강석처럼 단단해서 '금강자'金剛子라고 불릴 만큼 야무지다. 절에서는 이 열매로 염주를 만들어 썼다고

한다. 한 알 한 알 손에 쥐고 넘겨 가며 비는 간절한 소망이 무엇이었을까. 가족의 건강과 자식들의 성공, 더러는 어려운 시험에 합격하거나 사업이 번창하기를 바랄 것이다. 부처님오신날을 맞아 사찰마다 내걸리는 연등이나 기와 불사에 적힌 염원들은 한결같다.

국내에 천연기념물로 지정된 군락지는 세 군데다. 태안 안면도와 완도 대문리 해안 그리고 포항 발산리 해변이다. 1962년 12월 천연기념물 제138호로 가장 먼저 지정된 안면도 군락지는 어른 키를 훌쩍 넘는 모감주나무 400여 그루가 방포해수욕장 해변과 마을 경계에 자리 잡고 있다. 가장 규모가 큰 완도 대문리 군락지는 474주 나무가 완도의 북서쪽 해안선을 따라 약 1킬로미터, 폭 40~100미터 장방형 모양을 갖추고 있다. 압록강 하구와 황해도 장산곶 근처에도 있는 것으로 알려져 있다. 간혹 내륙 지역에서도 눈에 띄지만, 주로는 해안가 주변에서 흔하게 볼 수 있다. 그래서인지 여러 가설에도 불구하고 원산지인 중국에서 바다를 건너왔다는 주장이 유력하다.

모감주나무의 존재가 세상에 널리 알려진 것은 비교적 최근이다. 지난 2018년 9월, 3차 남북정상회담차 평양을 방문했던 문재인 대통령은 백화원 초대소에 10년생 모감주나무를 기념식수 했다. 황금색 꽃처럼 남과 북의 번영을 염원하자는 취지를 설명하며 열매의 쓰임새도 덧붙였다. 방송과 신문에 대서특필 되면서 관심을 끌었고 얼마 전부터는 정원수나 가로수로 심기도 할 만큼 인지도가 높아졌다.

만질수록 윤기를 더해가는 열매는 만만치 않은 세상살이를 견뎌내려는 견결한 의지로 읽힌다. 꽃이 진 자리에서 상처가 아물며 여무는 것이 씨앗이다. 무엇 하나 의지할 데 없는 바닷가에서 거친 해풍을 견뎌내던 시련과 소금기 날려 드는 척박한 땅에 뿌리 내려야 했던 제 운명의 아픈 기억들처럼 황금시대를 꿈꾸는 꽃들의 희망은 역설이다. 현실이 힘들수록 간절해지는 기도같이 꽃들의 역설은 비극이고 씨앗에 담기는 사연 또한 애절하다. 검정 빛깔에는 생로병사에 대한 고뇌도 부귀영화에 대한 들뜬 바람도 절제되어 있다. 삶에 대한 욕망도 죽음을 너머 자라지 못한다. 무채색 죽음에 어울리는 검정은 세상의 모든 색깔을 품고 있다. 검정은 색깔이 있는 모든 것들의 귀환이다. 황금색 꽃의 명멸도 짙은 녹음으로 활력을 불어넣던 이파리들의 소멸도 마침내 검정으로 소환된다. 모든 욕망과 잠재력이 알갱이 하나로 응축되어 세대를 넘고 죽음의 경계마저도 넘어선다. 그렇게 씨앗에서 싹이 트고 잎이 나고 가지가 자라며 다시 꽃을 피우고 열매를 맺으며 번성해간다. 맞물려 물고 물리는 삶과 죽음이 순환하는 원리가 이 작은 알갱이 하나로 이어지고 있다.

무녀봉에서 바라본 무녀1구 마을과 갯벌

무녀도 서들이마을은 선유대교를 건너 모감주나무 군락지를 지나면서 시작된다. 긴 혀를 내민 개들도 제집 그늘 속에서 낯선 길손에 무심하다. 근처 군락지에서 옮겨 심었는지 정원에 황금색 꽃이 집집마다 한창이다.

칠게와 도요새

바다가 멀어지면 섬은 제 몸집을 욕심껏 부풀린다. 그렇다고 온전히 섬도 아니고 바다라고 부르기도 모호한 경계가 갯벌이다. 봄이 무르익어가면 허허벌판 같아 보이던 갯벌은 부산해진다. 분명 뭔가 살아 움직이지만, 그들은 너무 빠르거나 혹은 너무 느려서 사람의 시선이 좇지 못한다. 가까이 다가가면 제각각 콩알만한 덩어리 무덤이 크고 작은 구멍 주변으로 남겨져 있다. 주인은 보이지 않는다. 크기도 작은 콩게 무리는 불과 몇 시간 후면 허물어질 구멍을 파고 또 판다. 구멍의 크기로 미루어 짐작되는 몸집은 결코 크다 할 수 없다. 집 없는 달팽이처럼 느릿한 민챙이나 이름 모를 고동들은 죽은 물고기나 바지락 주변에 몰려 있다. 그들은 거의 정지한 것처럼 보이지만 곡예 비행운처럼 그려진 구불구불한 궤적은 분명 그들의 이력이다. 크기와 모양도 천차만별인 구멍만으로 낙지가 숨었는지 이러저러한 조개인지를 가려내는 일은 시력만으로는 불가능한 일이다. 차라리 눈을 감으면 조금 낫다. 바람에 실린 갯비린내며 발바닥을 타고 오르는 미지근한 기운 그리고 멀리서 가물거리는 물새 소리 같은 걸 느낄 수 있다.

갯벌이 품고 있는 생명의 존재는 식탁 위에 올라서야 비로소 가까워진다. 같은 해변에서 자랐어도 저마다 품고 있는 바다의 맛은 가지각색이다. 백합 우려낸 국물의 빛깔과 향은 또 다른 깊이를 가진 바다다. 잘굿하게

씹히는 조갯살은 새우나 갯가재와는 전혀 다른 질감이다. 난도질을 당하고서도 꿈틀대는 낙지의 실체는 입천장까지 들러붙는 빨판의 위력을 겪어보면 달리 보인다.

밥상의 주연은 아니어도 칠게만큼 다채로운 조연도 없다. 뭐 하나 뗄 것 없이 통째로 튀겨먹고, 간장으로 담가 먹고, 고추장에 버무려 무쳐도 먹는다. 제법 비싼 꽃게에 비하면 터무니없는 가격에 부담도 덜하고 무장한 갑옷이나 집게가 생각보다 연하다. 밑반찬으로 두고 오래 먹어도 좋고 담백한 술안주나 고소한 간식거리로도 제격이다. 냉동보관 해둔 칠게는 일년 내내 반찬가게 단골 메뉴로 꾸준히 인기를 누린다.

칠월이면 칠게가 제철이다. 대한민국 어느 갯벌에서든 흔하디흔한 존재가 칠게다. 고작 엄지손가락 정도 작은 덩치지만 하는 일 많은 바쁜 일꾼이다. 진흙 바닥에 굴을 파고 숨어 지내다가 하루 두 번 바다가 밀려가면 갯벌에 해초나 죽은 동물 사체를 먹어 치운다. 다시 물이 들어오기 전에 배를 채우려면 마음이 급하겠지만, 불행히도 칠게를 노리는 천적들이 널린 게 또한 갯벌이다. 칠게 맛은 낙지도 알고 새들도 안다. 특히 마도요나 알락꼬리마도요처럼 덩치 크고 길게 굽어진 부리를 가진 철새들이 제일 좋아하는 먹잇감이다. 이들의 부리는 아예 칠게가 숨은 구멍의 깊이와 모양새에 최적화되도록 진화했다. 길이가 머리 크기 3배나 될 정도다. 아무리 좋은 시력을 갖추고 발 빠르게 몸을 감추는 능력을 타고난 칠게지만 막장까지 치고 들어오는 도요새의 부리를 당해내지 못한다. 속수무책이다. 새들은 잡은 칠게를 흔들어 다리를 절단하고 바닷물에 씻어 먹는 여유까지 부린다.

일 년에 두 번, 봄·가을에 우리나라를 찾는 도요새 무리는 가장 멀리 나는 새로 잘 알려져 있다. 따뜻한 동남아시아와 호주에서 겨울을 지내고, 시베리아와 중국 동북부 지역에서 번식한다. 새만금을 비롯해 우리나라 서해안 갯벌은 이 나그네들이 잠시 쉬어가는 곳이다. 호주에서 이곳까지 그리고 다시 시베리아까지 지구의 끝에서 끝을 잇는 장거리 비행에 필요한 에너지를 한반도 갯벌에서 구한다. 이들의 비행경로는 모래시계의 중심처럼 한반도와 서해를 중심으로 집중되어 있다. 그래서 우리나라에서는 흔히 볼 수 있는 알락꼬리마도요지만, 세계적으로 3만 2천여 마리 정도만 남겨진 국제적인 보호종이다. 안타까운 점은 서해안 갯벌이 점점 사라져 왔다는 사실이다.

칠게와 알락꼬리마도요의 불행은 여기서 그치지 않는다. 서식지 감소에 씨를 말리는 남획까지 자행되고 있다. 허허벌판 감시의 눈길이 닿지 않는 곳에 설치된 불법 어구는 치명적이다. 천적을 감시하려고 길게 발달한 눈자루는 갯벌 바다 함정을 살피지 못한다. 무더기로 잡힌 칠게는 가격 폭락까지 불러왔다. 킬로그램당 5만 원 정도 하던 칠게값이 절반대로 떨어졌다.

조기 파시로 서해 전체가 흥청거리던 영화도 빛바랜 추억일 따름이고, 동해 명태가 지천이라던 말도 다 옛말이다. 퍼내도 퍼내도 마를 것 같지 않던 바다도 노가리까지 즐겨 먹던 사람의 입을 결국 당해내지 못했다. 조기는 제사상에나 오르는 귀한 몸이 되었고 명태는 우리 바다에서 자취를 감췄다.

칠게와 낙지 그리고 알락꼬리마도요와 인간이 언제까지 공존할 수 있을까.

알락꼬리마도요

철새는 날아가고

아침을 깨우는 건 갈매기 소리다. 장자도 포구 앞에 갈매기들이 모여 산다. 풍랑주의보가 아니어도 굳이 그들은 먼바다로 나아가지 않는다. 밀물 때는 포구 앞 등대가 세워진 암초 위에 붙거나 물이 빠지는 썰물이면 모래펄을 오가며 가까이 날았다. 삼십여 마리 정도 되는 작은 무리는 물이 빠진 여의 등허리에 앉았다가 누군가 음식물 쓰레기를 들고나오면 앞다투어 몰려든다. 간혹 수면 위로 올라온 갑오징어나 작은 물고기를 낚아채기도 하지만 드문 일이다. 갈매기들은 영악했다. 그들은 여객선과 유람선을 구분할 수 있었다. 유람선이 섬 주변을 지날 때면 승객들의 손에 들린 새우깡을 낚아채는 묘기 비행을 선보였고 아무리 뱃고동이 요란해도 실속 없는 여객선 주위로는 얼씬도 하지 않았다.

또한 그물을 보러 나가는 빈 배와 일을 마치고 들어오는 배를 가려낼 줄도 알았다. 걷어 올린 낭장망 그물에서는 작은 잡어들이 자주 버려졌고 그물을 매어둔 로프가 수면 위로 건져지면 해골새우라고 불리는 작은 벌레들을 포식한다. 더러 방파제 난간에 앉았을 때도 가까이 접근하는 관광객의 카메라를 피하지 않는다. 그저 적당한 거리만큼 유지하며 호시탐탐 무언가 기대하는 눈치를 감추지 않는다. 사람의 손에서 던져지는 과자 부스러기가 정당한 대가의 모델료라는 사실을 깨달은 지 이미 오랜 듯싶다. 세

월을 두고 경험으로 체득한 생존방식이겠지만 그들은 21세기 사람들의 입맛에 스스로 길들어지는 선택을 했다. 공산품 과자와 음식물 쓰레기를 통해서 인간이 더는 갈매기 고기를 먹지 않는다는 사실을 오래전부터 눈 치챘다.

그에 반해 바다가마우지들은 훨씬 신중했다. 그들을 보려면 배를 타고 조금 나가야 했다. 장자도 포구 앞 등대섬 바깥쪽 제법 큰 여에 대여섯 마 리가 모여 있기도 하지만 사자바위를 지나 대장도를 끼고 돌면 20여 미터 높이로 솟아 있는 '가마우지 섬'을 만날 수 있다. 아예 섬 이름이 '가마우 지 섬'이다. 그 섬을 바라보고 있으면 '섬'이라는 한자 '도島'가 산봉우리山 위에 새鳥를 얹혀 만들어진 이력을 단번에 이해할 수 있다. 그들이 그곳에 서 언제부터 살아왔는지는 알 수 없으나 절벽의 사면을 따라 하얗게 얼룩

진 똥의 흔적으로 미루어 무리의 규모와 시간을 짐작할 수 있다. 얼핏 세어도 이십여 마리가 넘는 가마우지가 날개를 펼치거나 둥지를 틀고 앉아 있다. 거위나 큰 오리 정도 덩치에 흰색 멱 부분만 빼고 전체적으로 검은 광택을 가졌다. 물고기를 주식으로 하는 그들은 자맥질로 사냥을 한다. 발가락 사이에 물갈퀴가 달려서 물속에서도 제법 날쌔다. 물가 주변에 서식하는 새들의 깃털은 기름이 많아 물에 잘 젖지 않지만 기름이 적은 가마우지의 깃털은 잘 젖는다고 한다. 깊이 잠수하기에 유리하도록 진화한 것이지만, 젖은 몸과 날개를 말리기 위해 자주 날개를 활짝 펴고 있어야 한다.

가마우지섬

마을 안쪽 빈집에 제비 한 쌍이 집을 지었다. 자식을 따라 뭍으로 나간 집주인이 가끔 찾아오지만 별로 아랑곳하지 않는다. 제비가 지킨다고 해서 빈집에 도둑들 일은 없겠지만, 제비 가족 덕분에 집은 비었어도 허해 보이지 않는다. 청소가 성가셨던 탓인지 주인은 둥지 아래 턱받이를 해두었다. 곁에 낡은 둥지의 흔적으로 보아 올해가 처음은 아닌가 보다. 혹여나 강남 갔던 제비가 박씨라도 물고 오지 않았을까 싶은 기대도 없지 않았겠지만, 그저 무탈하게 돌아온 것만으로도 반갑다. 세 마리 새끼를 키우느라 제비 부부의 일상은 한가롭지 못하다. 번갈아 먹이를 물어다 먹이고, 주변 경계도 게을리하지 않는다. 기둥을 타고 오르는 구렁이는 없겠지만, 언제든 새끼를 노리는 맹금류의 출현을 대비해야 했다.

텃밭 주변에서 참새 무리는 늘 수선스럽다. 감나무 그늘에서 뛰쳐나와 복숭아 가지로 옮겼다가 이내 텃밭과 골목의 경계를 이룬 낮은 담장 위로 옮겨간다. 사람 발길이 뜸한 눈치면 텃밭 한구석으로 몰려가 종종걸음으로 벌레를 뒤지다가 작은 인기척이라도 있으면 화들짝 탱자나무 울타리 속으로 숨어든다. 작은 섬마을이지만 마을 뒷산에서 산비둘기 울음도 심심찮게 들린다. 이따금 덤불에서 푸드덕 꿩이 날아오르기도 하고, 짝을 부르는 섬휘파람새 노래가 멀리 들리기도 하고, 어쩌다 연미복처럼 맵시 있는 검정 몸매에 빨간 부리를 가진 검은머리물떼새를 서너 마리 만나기도 한다.

제비 가족이 이사를 준비하는 7월 중순이면 장자도의 여름도 깊어진다. 솜털을 벗고 둥지를 나온 새끼들의 깃털은 윤이 난다. 집 앞 전깃줄이 새로운 자리다. 아직은 어미가 물어다 주는 벌레를 기다리지만, 비행 연습으로 날개 근육이 단단해지면 머지않아 슬슬 먹이 사냥에도 나서야 한다. 겨울 철새인 가마우지 무리는 이즈음에 고군산 바다를 떠난다.

몇 해 전 그들의 여행을 우연히 배웅한 적이 있었다. 어느 일요일 아침이었다. 교회 종소리가 울린 지 얼마지 않아 하늘 가득히 새카맣게 몰려드는 새들의 소란이 일었다. 그들은 대장봉 너머 북쪽 하늘에서 수십 마리씩

삼각편대를 이루어 남하했다. 좌우로 펼친 편대의 정렬은 다소 들쭉날쭉했지만, 머리 위로 지날 때는 웅웅 바람 소리가 일었다. 반 시간 남짓 고개를 뗄 수 없었다.

저들을 언제까지 볼 수 있을까. 새만금 갯벌이 사라지면서 보금자리를 잃어버린 건 사람만이 아니었다. 또다시 공항까지 들어서고 비행기가 드나들면 그나마 남아 있던 새들도 쫓겨갈 것이다. 세계적으로 얼마 남지 않았다는 검은머리갈매기며, 검은머리물떼새, 온갖 크고 작은 도요새와 저어새 무리도 영영 돌아오지 않는 섬.

새를 볼 수 없는 인간이 어떤 비상을 꿈꾸며 자유를 노래할 수 있을까.

유기견 명개

1. 선착장 포동이

아무래도 노을이의 전성시대는 막을 내린 것 같다. 선착장 바로 위쪽 언덕에 자리 잡은 어촌계 횟집 포동이 때문이다. 마을 어촌계에서 운영하다 수지가 맞지 않아 문을 닫아두었던 횟집이었다. 김제에서 식당을 운영했던 새 주인은 명도에 펜션 부지를 장만했고, 고군산 일대 주민들과 친해질 겸, 섬 생활에 적응할 겸 해서 봄부터 횟집 운영을 맡기로 했다. 두 살배기 수컷 진돗개 포동이는 이삿짐 배를 타고 선착장을 통해 섬에 들어왔다. 사람들이 이삿짐을 부리는 동안 포동이는 횟집 주변은 물론이고 배를 타고 내리는 선착장 일대와 매표소 넘어 장자도교회 앞까지 바쁘게 돌아다니며 오줌을 지렸다. 영역 표시를 하는 거라고 했다. 영특해 보이는 포동이는 주인에게 충실했고 자기의 임무와 역할이 무엇인지를 이미 알고 있는 눈치였다. CCTV 사각지대인 횟집 뒷마당 쪽에 마련한 개집은 등산로를 타고 내려오는 길목이자 장자도 해안선을 따라 마을을 훤히 지켜볼 수 있는 자리였다. 이따금 산책을 따라나서는 시간을 빼고 포동이는 줄곧 매서운 눈매로 경계근무를 섰다.

포동이의 등장으로 동네 개들 사이에 새로운 변화가 생겼다. 제일 난감해진 건 장자도 토박이 노을이었다. 장자도 터줏대감 노릇을 해오며 십 년

포동이

도 넘게 장자도 암컷들을 독차지해왔던 늙은 수컷. 젊은 수컷의 도전 아닌 도전을 정면 대응하기에 벅찰 나이였다. 체구는 비슷해도 세월을 이겨낼 수 없는 체력 탓인지 노을이는 교회 앞 경계를 넘지 않고 마을 안쪽에서만 배회했다. 아직 장자도의 정세 변화에 어두운 대장도 개들이 평소처럼 펜션 주인을 따라 선착장까지 오는 경우가 더러 있었다. 여객선을 기다리는 십여 분, 횟집 새 주인이 펜션 주인들과 웃으며 인사도 나누고 배달서비스도 가능하다는 사업 이야기를 하는 사이에도 대장도에서 넘어온 개들은 포동이의 사정거리를 벗어나지 못한다. 이런 낌새를 알아챘는지 대장도 개들은 슬금슬금 포동이 눈치를 살피며, 주인 곁을 벗어나지 않았다. 개들끼리 뒤엉키는 사고가 터지지는 않았지만 여차해서 싸움이 붙기라도 하면 방조제 끝은 달아날 곳 없는 막다른 길이다. 전동카트에 짐을 옮겨 싣고 손님들이 선착장을 벗어나기 전까지 개들의 눈길에는 팽팽한 긴장감이 흘렀다. 하지만 봉순이나 점순이, 막내 같은 암컷들은 예외였다. 그렇게 봄날이 갔다.

2. 포동이가 떠나고

뭐가 잘 안 풀렸던 모양이다. 본격적인 피서철을 앞두고 해수욕장 개장도 얼마 남지 않았는데, 어촌계 횟집 주인이 섬을 떠났다. 포동이의 백일천하도 끝이 났다. 초소 경계병이 사라진 객선 터에 동네 개들의 나들이가 잦아졌다. 누구보다 노을이가 활달해졌다. 혼자가 아니다. 예전처럼 꼬리에 분홍 표식이 달린 봉순이를 끼고 다녔다. 달라진 건 노을이 만이 아니다. 머리와 등 그리고 엉덩이에 커다란 검은 점을 가진 점순이는 노을이를 만나면 고개를 숙인 채 눈을 마주치지 않았다. 꼬리를 뒷다리 사이에 바짝 붙이거나 주저앉기도 했다. 아예 앞발을 구부린 채 땅바닥에 드러누워 배를 내밀기도 했다. 사람들은 무조건 복종 의사를 표현하는 거라고 말했다.

아직 어린 암컷인 막내도 제 어미를 따라 했다.

점순이는 대장도에서 태어났다. 장자도복합센터 아현이가 초등학교 1학년 때 대장도 어부상회에서 갓 태어난 강아지를 키우겠다며 소동을 피웠다고 한다. 일종의 시집을 온 셈이다. 점순이는 한 달 전에 다섯 번째 출산을 마쳤다. 불행히도 세 마리 새끼를 모두 잃었다. 곁에 두고 지내는 막내는 세 번째 배에서 태어난 여섯 마리 가운데 막내였다. 어미는 점순이지만 애비가 누구인지는 키우는 여임씨도 몰랐다. 생김새로 보아 노을이는 분명 아닌 듯싶은데 아마도 선유도에 사는 아무개쯤으로 추측할 뿐이었다. 개들은 사람처럼 혈통이나 족보를 굳이 따져 묻지 않았다.

3. 유기견 멍개

선유도해수욕장이 개장하면서 고군산 일대 섬들이 들썩거렸다. 외지인의 발걸음은 선유도를 넘어 연륙교를 타고 무녀도와 장자도, 대장도로 쉽게 넘나들었다. 장자도를 통해 들어오는 낭만적인 섬 여행을 기대하는 관광객도 부쩍 늘었다.

멍개가 나타난 시기도 그 무렵이었다. 목줄이나 인식표도 없었다. 내가 머물던 집에 느닷없이 들어와 점순이와 막내가 남긴 밥그릇을 정신없이 핥고 있었다. 가까이 다가가는 인기척에 슬쩍 눈길 한번 줬지만, 주둥이를 떼지는 않았다. 목덜미 털이 빠져 헤싱헤싱하고 심하게 물린 자국으로 보이는 상처가 깊었다. 말라붙은 피딱지가 여기저기 엉겨 붙은 몰골에 뱃가죽에 드러난 갈비뼈가 지난 며칠의 행적을 말해주고 있었다. 척 봐도 버려진 유기견이다. 한참을 먹고도 빈 그릇에 미련을 버리지 못하더니, 졸음이 밀려오는지 두어 걸음 떨어져 늘어지게 낮잠을 자는 점순이에게 다가가 코를 파묻었다.

이튿날 아침에도 불청객은 떠나지 않았다. 눈치를 보니 아예 눌러앉을 낌새다. 여임씨는 평소보다 많은 개밥을 끓여냈고 밥그릇 하나를 따로 챙겼다. 욕심 많은 막내는 이쪽저쪽 밥그릇을 넘나들었지만 다툼은 없었다. 새카맣고 그렁그렁한 눈망울, 강아지보다 조금 큰 체구. 귀염을 많이 받고 컸을텐데…… 측은했다. 목욕이라도 시켜야 할 것 같아 우선 상처를 살피다가 깜짝 놀랐다. 처음엔 그냥 말라붙은 수박씨려니 싶었는데, 오른쪽 귀 안쪽에 두 마리, 정수리 한가운데도 한 마리, 오른쪽 턱 밑에서 또 하나 그리고 왼쪽 앞발 안쪽 겨드랑이에서 떼어낸 진드기는 살이 통통 올라 있었다. 말로만 들었던 피 빠는 진드기를 다 떼어내고서야 비누를 풀어 샴푸를 시켰다. 모처럼 목욕이었던지 스르르 눈거풀이 풀렸다. 가위로 대강 털을 깎고, 소독약이며 연고를 챙겨 발랐다.

그날 저녁 여임씨의 질겁하는 소리에 놀라 내다보니 열린 현관문 틈으로 거실까지 들어온 식객이 꼬리를 살랑대고 있었다. 도시의 아파트 생활에 익숙해진 버릇이겠지만 인간의 경계를 넘어온 개를 나무라는 여임씨의 반응도 개를 풀어 키우는 섬에서는 자연스러운 일이었다.

다음 날부터 멍개는 거의 온종일 나를 따라다녔다. 선착장에 다녀올 때나 선유도로 산책나갈 때도 그림자처럼 떨어지지 않았다. 아현이는 며칠 전 학교 다녀오는 길에 선유도에서 혼자 돌아다니는 걸 본 적이 있다며 아는 체를 했다. 발전소 직원이나 매표소 아주머니는 '뭔 개'냐고 물었다. 출처를 알지 못하니 뭐라 답을 내지 못했지만, 그날 이후 장자도 사람들은 그 친구를 '멍개'라고 불렀다. 마치 약속이나 한 것처럼.

며칠 후부터 멍개 가는 길에 점순이도 따라붙었다. 남악리까지 제법 먼 길도 함께 다녀왔고 선유도 해변에 나가 노을 구경도 한참 했다. 새끼를 잃고 무기력하던 점순이가 생기를 되찾은 듯했다. 막내는 집 주변 이상을 벗어나지 않았다. 개들보다 사람과 더 가깝게 지냈을 멍개에게 함께할 가족이 생긴 것이다. 어쩌다 노을이랑 부딪치면 멍개는 후다닥 점순이 뒤로 숨곤 했다. 유난히 수컷을 경계하는 늙은 수컷이어도 노을이는 멍개를 집요하게 괴롭히지는 않았다. 다행이었다. 슬슬 섬을 떠날 채비를 하면서 멍개를 데려갈 고민도 잠깐 해봤지만, 이내 마음을 접었다. 멍개는 빠르게 적응하고 있었다.

짐을 꾸려 나오는 날, 모두가 따라 나왔다. 무슨 눈치를 챘는지 이번에는 막내도 함께. 한 가족을 이룬 세 마리 개의 배웅을 받으며 그해 7월 말 나는 섬을 떠났다.

유기견 멍개

2부

고군산 사람들

수학여행 1969

객선에서 내린 3학년 서연이는 엄마를 보자마자 덜컥 울음부터 쏟아낸다. 선원이 내려준 여행용 트렁크를 끌고 나머지 한 손에는 아이스크림이 들려 있다. 배가 들어오기 한참 전부터 애를 태우던 엄마는 그런 딸을 덥석 안는다. 입에 물린 아이스크림과 눈물이 뒤범벅되면서 서연이가 뱉어내는 말은 바로 곁에서조차 알아들을 수 없다. 그런데도 엄마는 연신 딸의 머리칼을 올려주고 팔다리를 만져가며 두서없는 질문들을 쏟아낸다. 마치 이산가족이라도 되는 양 모녀간 상봉은 금세 객선 터 주변 사람들의 시선을 끌어모은다. 겨우 4박 5일 제주도 수학여행이었고 인근의 무녀도초등학생 5명과 신시도 본교 9명 학생과 야미도 분교 3명이 함께 다녀왔지만, 태어나 처음 집을 떠났던 막내의 귀환을 엄마는 그렇게 맞는다. 함께 다녀온 6학년 큰딸 아령이는 시종일관 무덤덤하다. 인솔했던 선생님께 인사를 하고 선유도초중학교 다섯 명 아이들은 저마다 마중 나온 가족을 따라 흩어진다. 여전히 아이스크림을 들고 있던 서연이도 엄마 손을 잡고 집으로 향했다. 트렁크는 엄마가 끌었다.

영화가 개봉된 것은 50년 전이다. 1969년 발표된 유현목 감독의 〈수학여행〉은 섬마을 아이들의 서울 여행기를 담고 있다. 원로 코미디언이었던 구봉서와 영화배우 문희가 섬마을 김선생과 그의 아내 역을 각각 맡았고

80여 명 아역 배우들이 출연했다. 영화는 1960년대 선유도와 서울을 배경으로 하고 있다. 비록 흑백 필름이지만 망주봉을 끼고 해가 지는 모래사장은 여전히 아름답다. 돌담길로 이어지는 허름한 초가들과 한창 서해 조기잡이가 풍요롭던 시절 돛을 세운 중선배들의 모습이 새삼스럽다.

섬사람들 절반이 평생 발 한 번 밟아보지 못했다는 육지, 뭍으로 향하는 배가 멀어질 때마다 아이들은 바다 너머 또 다른 세상을 꿈꾸곤 했다. 바퀴 달린 것이라곤 기차는 물론이고 리어카나 자전거도 구경해보지 못한 아이들은 수학여행이란 단어조차도 이해하지 못했다. 섬 학교의 유일한 교사인 김선생은 서울 견학을 결심하지만, 계획은 쉽게 풀려가지 않는다.

아이들은 돼지와 토끼를 직접 길렀고 틈틈이 조개를 캐서 비용을 마련했지만 "군대가고 시집가면 어차피 나갈 것인데 일찍부터 대처 바람들인다"며 혀를 차거나 더러는 "김선생이 서울 사는 가족이 보고 싶어서 추진하는 일"이라는 뒷소문도 돌았다. 흉흉한 소문은 뭍의 교장선생 귀에 먼저 들어갔고 엎친 데 덮친 격으로 서울에서 보내온 아내의 안부 편지에는 아빠의 얼굴도 모르고 자란다는 딸아이 소식까지 섬마을 선생의 마음을 흔들어놓았다.

우여곡절 다 겪어가며 마침내 배를 타기로 한 날, 아이들은 새벽부터 집 앞에 몰려왔지만 뜻밖에 오기로 한 배가 기관 고장을 일으켰다는 비보가 전해졌다. 조기가 한창 몰려드는 철이라 달리 배편을 마련할 수도 없었지만, 배를 기다리는 아이들의 소망은 쉽게 사그라들지 않았다. 경찰서장과 교육장의 도움으로 어렵사리 마련한 고깃배를 타고 군산에서 기차로 갈아타고 아이들은 서울역에 닿았다. 좌충우돌하는 섬마을 아이들의 여행기는 이제부터 본격적으로 시작된다.

영화 <수학여행> 포스터

　기차에 오를 때 신발을 벗어야 하는지 그냥 타도 되는지를 다투고, 난생
처음 보는 남대문에 문턱이 없다는 사실에 놀라고, 여관방에 전깃불이 신
기해서 껐다 켰다를 재미삼다가 텔레비전에 나온 선생님의 "모여라" 소리

선유초중학교 교정

에 아닌 밤중 창경원으로 몰려가는 해프닝이
벌어지기도 한다.

선유도를 낙도의 대명사로 세상에 알린 이
영화는 실화를 바탕으로 제작되었다. 1968년
11월 14일자 경향신문에는 이런 제목의 기사
가 실려 있다.

올해 「국민이 주는 희망의 상」,
대상의 배처자裴處子 여사
선유도의 어머니, 고투로 낙도 개발,
학교 세우고 생활도 개선시켜

당시 58세였던 배처자 여사는 선유도국민
학교 교장이었다. 1933년 동경에서 전문학
교를 졸업하고 대구와 전주에서 교편생활을
시작한 그녀는 낙도국민학교 교사로 자원하
여 선유도로 들어왔다. 교실 4칸에 학생 수는
200여 명, 선유도 사람들의 학구열은 높았지
만, 낙도라는 현실의 벽은 아이들 교육만으로
해결할 수 있는 일이 아니었다. 학교의 벽을
넘어 주민들의 생활 여건을 개선하려고 젖양
을 치도록 하고, 우량한 닭 종자를 보급했다.
선유도 인근의 섬 주민들과 연합체육대회를 열어 화합을 도모하고, 천주
교와 여러 기관의 협조를 받아 고등공민학교를 세워 어른들의 교육에도
힘을 기울였다. 졸업한 아이들을 위해 새로 교실 두 칸을 마련하여 정규

중학교 인가까지 받았다. 무엇보다 배 교장은 섬마을 아이들의 안목을 키워주기 위해 서울의 여러 학교와 자매결연을 맺어 인근 16개 섬 800여 명 아이들의 서울 구경을 성사시켰다. 아이들의 체험담이 『소라의 꿈』이라는 여행기로 만들어졌는데 책이 알려지면서 세간의 관심을 끌었다. 배교장은 경향신문이 주최했던 「국민이 주는 희망의 상」을 수상했고, 사연을 접했던 유현목 감독이 이 이야기를 영화로 제작하게 되었다.

영화 〈수학여행〉은 해피 엔딩으로 마무리된다. 수학여행 마지막 날, 섬마을 아이들은 자매결연을 맺은 서울의 한 국민학교로부터 리어카를 선물로 받는다. 열심히 노력해 낙도 선유도를 서울처럼 잘 사는 곳으로 만들겠다는 포부를 밝히며 아이들은 다시 섬으로 돌아온다.

하지만 오랜 사연을 기억하는 주변 마을 사람은 드물었다. 제대로 된 사진 한 장 남아 있지 않았다. 해수욕장 넘어 선유 3구 노인회장인 이강순 씨의 기억 속에서나마 어렴풋이 더듬어질 따름이었다. 이미 40년이 다 될 만큼 묵은 이야기고, 대부분이 외지인이기도 한 탓일 것이다. 수학여행을 다녀왔던 섬마을 아이들 대부분도 이곳에 없다. 상급학교 진학을 위해, 직장을 얻고 결혼하기 위해 섬을 떠났고 육지에 뿌리를 내리고 살고 있다. 선유도가 아이들의 꿈을 담아 키우기에는 여전히 멀고 작은 섬이었을까.

선유도초중학교 교정 한쪽, 교실로 오르는 중앙 계단 오른편에 수수해 보이는 검은 비석 하나가 배처자 교장의 공적비로 남아 있다.

섬 여인의 일생

　내년이면 아흔이다. 날씨가 궂은 날이면 관절 마디마디 안 쑤신 데가 없다. 두어 달에 한 번씩 육지에 나가 병원을 돌며 약을 받아오는 것이 빼먹을 수 없는 일과다. 그렇게 받아온 약봉지들을 끼니마다 거르지 않고 챙겨야 한다. 하지만 1923년으로 기재된 주민등록증을 본 공무원들이 놀랄 만큼 어머니는 듣고 말하는 것이 또렷하다.

　어머니의 고향은 장자도다. 이곳에서 태어났고 일제강점기에 이곳에 세워졌던 국민학교를 다녔다. 일본인 선생 밑에서 한글 대신 일본어를 배우기도 했지만 거의 기억조차 가물거리는 오래 적 일이다. 아버지의 주선으로 섬에 들어왔던 남자와 부부의 연을 맺었지만 아직껏 섬을 떠난 적이 없다. 섬에서 낳아 기른 아이들은 대부분 섬을 떠났지만, 아직 섬에 남은 자식들도 있다. 가까이 사는 큰아들 내외와 저녁 식사를 같이 하지만, 아침 점심은 혼자 드시기도 하고 일꾼들과 같이 먹기도 한다. 멀지 않은 곳에 사는 작은아들도 가끔 얼굴 보며 지낸다. 먼저 보낸 자식도 있다. 성년이 되기 전에 몇 해를 시름시름 앓다가 죽은 큰딸 무덤이 대장도로 넘어가는 길목에 있다. 간혹 저녁노을이 붉은 시간에 아무런 말도 없이 그곳에 앉아 계시는 어머니를 보곤 했다. 눈물을 훔치고 계실 때도 있었다.

장자도 여인, 김여임 어머님

집 앞 빈터에 마련한 텃밭은 아직도 끝나지 않은 어머니의 삶터다. 고추가 두 줄, 상추와 부추, 파, 들깨 그리고 호박이 두어 줄기 자라고 있다. 매운 것을 좋아하는 큰며느리를 위해 매운 청양고추가 십여 그루, 매운 고추를 잘 못 먹는 둘째아들을 위해 오이고추를 골고루 심었다. 식구들이 먹을 부식거리도 필요하지만, 큰아들 김 양식을 거드는 일꾼들 밑반찬에도 요긴하다. 겨우 스무 평 남짓한 작은 터에 고작 서너 이랑 정도 될 듯싶다. 오래전 섬을 떠난 이웃들이 남기고 간 빈자리다. 그나마 지금은 쓰지 않는 우물이 가까이 있어 한여름 가물 때도 큰 걱정 없이 채소를 거둘 수 있다.

새벽부터 일어나 사람 손이 닿지 않는 샘물을 찾아다니며 물을 받아와야 했던 어린 시절도 있었다고 한다. 이마의 깊게 파인 상처는 열대여섯 살 무렵 비 온 다음 골진 갯바위에 미끄러지는 바람에 생겼다. 고인 빗물을 길어다 빨래를 하려고 했다고 한다. 주로 먹는 물은 대장도 너머 할매바위 아래쪽 네댓 개 샘에서 길어왔지만, 빨래까지 엄두 낼 정도가 아니었다. 작은 섬이었지만 어린 시절 장자도에는 사람이 많았고, 물 사정이 좋은 편이 아니어서 동네 가운데 우물은 늘 목말라했다. 이웃들은 아예 뗏목에 빨랫감을 싣고 선유도 선유봉 아래쪽 너른 터의 샘물 자리를 오가기도 했다. 그래야 겨우 밥도 짓고 빨래도 할 수 있었다.

논을 만들 땅도 없었지만, 설혹 논이 있다 해도 벼농사 지을 물이 없었다. 고군산군도를 통틀어 신시도를 빼고는 따로 논이 없는 이유다. 쌀은 가까운 김제나 부안에서 구해왔다. 가을 추수철이 지나면 남자들이 젓갈통을 배에 싣고 바다를 건넜다. 김장 때 쓸 젓갈과 햅쌀을 물물교환했고, 사과나 배 같은 과일도 실컷 맛볼 수 있는 유일한 때였다.

세월이 흐르면서 물 사정도 많이 나아졌다. 장자도까지 이어진 도로가 뚫리면서 이제 멀리 진안고원에 있는 용담댐 물을 먹을 수 있게 됐다. 얼

마 전까지만 해도 산비탈을 막아 저수지에 빗물을 받고, 바닷물을 담수화
해서 수도관으로 집집마다 공급했다. 그래도 가정마다 커다란 물탱크 한
두 개쯤 마련해두어야 물 걱정을 덜 수 있었다. 아무리 기술이 좋아졌다고
는 해도 민물과는 달리 특특하고 사나운 수돗물은 비누가 잘 풀리지 않아
때가 빠지지 않았다. 그래서 비싸게 담수화한 물을 겨우 허드레 물로 쓰고
먹는 물은 따로 육지에서 생수를 사다 먹기도 했다. 돌이켜볼수록 기가 막
혔던 시절이었고 이렇게 편리한 시절이 올 거라는 꿈도 꾸지 못했다.

　오후 해가 기울기 시작하면서 어머니가 동네 마실을 나설 모양이다. 장
자도 복합센터 앞 평상은 몇 남지 않은 어머니의 말벗들이 모이는 곳이다.
그렇게 수다를 놓다 보면 학교를 마친 손주 녀석들이 오고 그럭저럭 가족
이 모여 이른 저녁을 먹곤 한다. 텃밭을 보면서 입었던 몸빼 바지를 갈아
입고 마당 한쪽에서 유모차를 꺼냈다. 이런저런 물건을 실어 담을 수 있는

유모차가 지팡이보다 편했다.

낮은 내리막 골목길을 돌아나가는 어머니의 등이 대장봉 봉우리만큼이나 굽었다. 어머니의 인생이 곧 장자도의 연대기에 올곧이 포개져 있다.

베트남 청년, 안

누군가 부르는 소리에 잠을 깼다. 아직 날이 밝으려면 먼 시간인데.

"베트콩, 물때 안 놓치려면 서둘러야 해. 빨리빨리 가자."

아마도 '안'을 찾는 모양이다. 베트콩은 안의 별명이다. 성질 급한 소장이 기다리다 못 해 사람을 보낸 듯싶다. 아직 잠이 덜 깬 안이 하품을 참지 못하면서도 재촉하는 소리에 멱살 잡힌 듯 비몽사몽 현관을 나선다.

30대 초반인 안은 베트남에서 왔다. 올해 초 직업소개소를 통해 장자도로 옮겨 왔지만, 한국에 온 지 벌써 4년째다. 어업 비자를 받아 돈 벌러 왔다. 처음에는 보령에서 연안 양식장 관리를 했었다. 주꾸미와 꽃게를 잡는 일도 어렵지 않았고 사장님도 잘 대해주었다고 한다. 그런데 새로운 일을 배워보고 싶은 생각에 올해 초부터 김 양식 하는 배를 타고 있다.

"김 양식? 힘들어요. 기계 없어요. 손으로 다 해야 돼요."

일하기가 어떠냐는 질문에 그는 손사래부터 쳤다. 따로 한국말을 배운 적은 없었지만, 눈치가 빨라 말귀가 밝았다. 조사가 없는 그의 말이지만 의사소통에 별문제는 없었다.

"새벽에 일찍 바다 나가요. 오후 늦게 들어와요. 놀 시간 없어요. 그렇지만 섬? 많이 심심해요."

오늘은 도형씨네 김을 터는 날이다. 농사로 치면 마무리 수확을 하는 셈

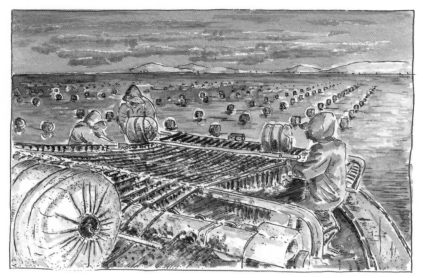

한겨울 김 채취 작업

이다. 분양받은 포자를 김발에 붙여 바다에 설치한 것이 지난해 가을이었
다. 아무리 바다가 길러낸다고는 하지만 물고기 잡는 것과 달리 기르는 어
업은 양식장 관리에 손이 많이 간다. 갯벌에 말뚝을 박아 지주목을 세우
는 방식과 달리 김발을 물에 띄우는 부유식 김 양식은 손이 많이 가지만
수확량이 월등하다. 더구나 물이 깊은 바다에서도 양식할 수 있다. 섬들이
모여 있는 고군산군도 안쪽 바다는 바람과 파도의 피해가 적고 조류 소통
이 좋은 데다가 내륙으로부터 흘러나오는 영양염류가 풍부해서 오래전부
터 김 양식이 이뤄졌다. 도형씨네 양식장이 있는 장자도와 관리도 사이도
그렇지만 선유도에서 야미도와 신시도 안쪽 바다는 발 디딜 틈이 없을 정
도로 양식장이 들어차 있다. 아무리 목돈이 된다지만 수확 철이 한겨울이
다 보니 결코 만만찮은 고역이 따르는 일이다. 일주일에 두어 차례 김발뒤
집기도 그렇지만 어쩌다 지나던 배에 걸려 줄이 잘려 나가기도 하고 떠다

니다 걸린 쓰레기도 그때그때 걷어내야 한다. 한겨울 내내 바다를 벗어나지 못한다.

김을 채취하는 전용선이 따로 있다. 김발이 선두에 잘 얹히도록 둥글고 긴 파이프가 달려 있고 바로 뒤쪽에 면도기처럼 김을 깎아내는 칼날이 달린 채취기가 있다. 사람 키 정도 되는 폭의 김발이 채취선을 앞뒤로 관통해서 지나가면서 잘린 물김이 바닥에 쌓이는 방식으로 채취한다. 최소 세 사람이 한 팀으로 일한다. 두 사람은 뱃전의 양쪽에서 김발의 흐름을 잡고 뒤에서 운전을 맡는 한 사람이 작업 전체를 통제한다. 날카로운 칼날에 김발이 잘리기도 하지만 바닥에 떨어진 김 때문에 미끄러지기라도 하면 얼음장처럼 차가운 바다에 떨어질 수도 있다. 신경이 바짝 곤두설 수밖에 없고 서로 호흡도 잘 맞아야 하는 일이다. 방수에 방한복을 겹겹이 껴입어도 김발에서 날리는 물보라는 해뜨기 전 겨울 바다가 품은 한기로 곧장 얼어붙기 마련이다. 바람도 봐야 하고 파도도 살펴야지만 물때도 맞춰야 한다. 조류가 바뀌는 시간에 거칠어지는 물살을 타며 작은 배를 조정하는 일은 오랜 경력자들에게도 쉽지 않은 일이다. 그래서 김이 제철인 계절이면 자주 방송을 타는 김 터는 장면 때문에 김 양식은 극한직업 중 하나로 꼽힌다. 어렵고 힘든 일이다 보니 점점 일꾼 구하기도 힘들다. 고군산 일대에는 안처럼 외국에서 온 젊은 노동자들이 많다. 해마다 들쑥날쑥하지만 대략 서른 명 조금 안쪽이라고 한다. 주로 베트남을 비롯해 태국, 캄보디아, 스리랑카 같은 동남아시아 출신이다. 우리나라의 추위를 겪어보지 못한 그들이 체감하는 겨울 바다가 어떨지 상상하기 어렵다.

채취를 마친 물김은 경매를 통해 팔려 간다. 물김의 경매는 대략 11시에 맞춰 진행되지만, 경매 순서를 정하는 사전작업이 있어 채취선들은 서둘러 경매장이 있는 신시항으로 모인다. 위탁경매가 진행되는 동안 신시

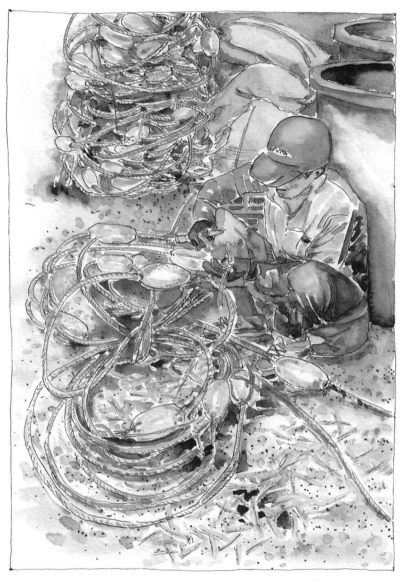

김발 수선하는 외국인 친구

도 신시항은 북새통이다. 경매는 신속하게 진행된다. 채취한 물김은 쉽게 상하기 때문이다. 경매 가격에 따라 짧은 희비가 엇갈린다. 이른 새벽부터 잠을 설치며 벌였던 고된 노동의 결과를 보상받는 순간이다. 하지만 그것도 잠시, 실어 온 물김을 200킬로그램짜리 부대로 옮겨 담아 크레인으로 옮겨 무게를 잰다. 경매 가격과 물김의 중량을 곱한 한 장의 전표를 손에 쥐면 작업이 끝난다.

긴장이 풀리면서 몰려드는 한기와 허기를 달래는 김 양식 일꾼들만의 뒤풀이가 있다. 갓 건져낸 물김에 된장을 적당히 풀어 끓여낸 김국이다. 뜨거운 김국 한 그릇에 라면 사리를 추가로 넣는다. 더없이 시원한 국물로 몸을 달래야 비로소 일과가 마무리된다. 현지가 아니면 그 맛을 보기 어렵다고 한다. 또 한 번 맛 보면 영원히 잊을 수 없다고도 한다. 베트남 청년 안도 소주 한잔 섞어가며 그렇게 속을 달랜다. 고향으로 돌아가도 젊은 시절 고생담을 두고두고 되풀이할 것이다. 뜨거운 국물을 마시며 시원하다고 말하는 한국 사람들의 입맛을 이해하지 못하더라도 혹독했던 겨울 바다의 추위와 더불어 김국의 맛을 떠올려가며 살아가게 될 것이다.

겨울이 한철인 김 양식 일은 여름에는 쉰다. 안은 짧은 여름 동안 잠시 멸치잡이 낭장망 일을 거들다가 7월부터 김발 수선하고 치는 일을 다시 시작할 거라 한다. 무녀도에서 김 양식을 하는 '룽'이 찾아왔다. 그도 베트남에서 왔다. 하노이에서 조금 떨어진 탄호아가 고향이라며 아내와 두 아이의 사진을 보여준다. 일곱 살 딸은 아빠가 군산에서 사다 준 겨울왕국 엘사 드레스를 예쁘게 차려입었다. 모처럼 휴가에 군산에서 친구들을 만나기로 했단다. 선착장에는 스리랑카 청년 샤시카가 커다란 여행용 트렁크를 들고 배를 기다리고 있다. 한 달 휴가를 받았다고 한다. 한적한 선착장이지만 객선을 기다리는 내내 안과 룽의 베트남어 수다가 끊이질 않는다.

대장도 사람, 윤연수

"조기 떼가 몰려오는 철이 되면 저기 칠산 앞바다부터 장자도까지 배가 그득했지. 거짓말 하나 안 보태고 묶어놓은 배들만 건너도 선유도까지 갈 수 있었어. 섬은 작아도 조기 덕에 일찌감치 수협이 들어섰고 학교도 생겼지. 왜 '장자어화'라고 했겠어. 군산에 있는 신풍공립학교 고군산분교로 시작했는데, 얼마 후에 6년제 학교로 정식 인가를 받았대. 큰 인물들이 많이 났지. 군산시장을 지낸 김길준씨도 그렇고 김제경찰서장을 지낸 김성중씨도 다 여기 출신이야. 내가 54년 말띠인데, 전쟁 직후에 태어난 동갑내기 스물두 명이 아직도 계 모임을 해."

대장도 윤연수씨를 만났다. 일주일에 두어 번 자원봉사로 섬의 역사 문화를 해설하고, 생업으로 펜션을 운영했다. 해안 길 바로 옆으로 2층 건물에 빨간 지붕을 얹은 그림 같은 집이다. 객실의 창들이 선유도 방향으로 열려 있어 고군산 안쪽 바다 풍경을 고스란히 들여놓았다. 뒤로는 돌출된 암석이 인상적인 대장봉을 등에 업고 해안을 따라 아기자기한 조형물이 수석과 분재랑 어우러져 있다. 나중에 알았지만, 주인의 솜씨였다.
여덟 척 중선배의 선주였던 선친 덕에 일찌감치 육지로 학교를 다녔다. 공부에는 별 재주가 없었지만 그림 그리고 사진 찍는 취미도 가질 수 있었다. 섬 구석구석 그려진 벽화며 귀여운 꽃 그림도 그의 작품이었다. 노

후로 펜션 일을 시작한 지 얼마 되지 않았는데 그를 통해 대장도로 귀촌
해서 민박을 치는 사람도 두엇 된다고 했다. 오밀조밀 붙은 펜션들이 작은
섬 풍경의 주연처럼 도드라져 보였다.

　대장도는 바위섬이다. 장자도에서 이어진 조그만 다리 하나 건너면 바
로 시작되는 마을에 백여 명이 모여 산다. 논농사는커녕 텃밭 하나 제대로
가꿀 자리조차 없다. 바다로 나가는 험한 뱃일보다 마을 사람 거의 펜션을
하거나 낚싯배를 한다. 윤연수씨처럼 토박이가 대부분이다. 두어 군데 새
로 짓는 건물도 눈에 띄었다. 섬의 한쪽 귀퉁이를 따라 별도 선착장이 있
어도 객선으로 들어오는 손님들은 장자도 선착장까지 마중 나간다. 바다
위로 막힘없는 시선에는 코앞처럼 보여도 짐을 들거나 캐리어를 끌기는
제법 먼 거리다. 이전에는 골프장에서 쓰는 전기 카트를 끌었는데, 장자도

까지 연결도로가 나면서 소형자동차가 늘어가고 있다.

장자도와 대장도는 작은 다리로 연결된 한 섬이다. 차량 하나 겨우 지나고 가장자리 인도를 가진 폭 4미터, 길이 30미터 콘크리트 교량이지만 이곳 고군산 일대에서 처음 놓인 연도교다. 다리가 들어선 1970년대 초반 이전까지는 노둣돌로 연결된 징검다리가 있었다고 한다. 하지만 아무 때나 건널 수 없었다. 썰물에는 드러나도 밀물이면 물에 잠겨버려서 바다가 허락한 시간에만 통행이 가능했다. 더구나 두 섬 사이 좁은 갯골 물길은 물이 들고날 때 휩쓸리기라도 하면 어른도 빠져나오기 힘든 급류다. 그래서 마을 사람들은 뗏목이나 노를 젓는 전마선으로 오가거나 짐을 날랐다. 아이들도 마찬가지였다. 대장도 아이들은 아침 등교와 오후 하교 길에 종종 전마선을 탔다. 그런데 결국 사고가 터지고 말았다. 장자도 선착장에서 쌀가마니를 싣고 아이들까지 태운 쪽배가 급류에 휩쓸리면서 뒤집혔다. 다행히 바로 곁에서 지켜보던 어른들이 뛰어들고 바다 수영에 익숙한 섬마을 아이들이어서 인명피해는 없었지만, 줄초상이 날뻔한 아찔한 순간이었다. 그날 사고 소식은 사람들의 입소문을 타고 기사로 실리면서 행정기관을 움직였고 마침내 다리가 놓였다.

다리를 통해 두 개의 섬이 하나가 되었지만, 사실 두 섬 사이에 묘한 신경전이 없지 않다. 외지인의 눈으로는 절대 볼 수 없는, 하지만 어촌계장을 새로 뽑는다거나 정부 지원 사업의 대상지를 정해야 하는 사안이 생기면 감지되는 기류가 분명히 있다. 선착장을 오가며 건네는 짧은 인사말의 억양이나 마주치는 시선의 온도같이 사소한 일상 속을 흐르고 있다.

행정구역상 장자도에 딸린 섬이어도 대장도는 독보적인 존재감을 가졌다. 섬의 중심은 단연 대장봉이다. 바위산인 대장봉 정상에 오르면 시선은 사방팔방으로 막힘없이 뻗어가며 숨통을 터놓는다. 관리도 너머 기우는 해라도 만나면 붉게 피어오르는 석양 노을은 황홀경이다. 망주봉을 이정표 삼아 신시도와 무녀도 그리고 선유봉까지 펼쳐지는 파노라마가 장자도까지 내달려 온다. 산 정상에서 마주하는 섬은 더 작다. 한 시절 풍요롭던 바다가 키웠던 '장자어화'의 영화가 믿기지 않을 만큼 발치 아래 장자도는 왜소하다.

하지만 섬 안에서는 섬을 볼 수 없다. 우람하게 솟은 대장봉의 기개와 어우러진 대장도의 전경을 오롯이 보려면 장자도가 제격이다. 서로의 존재를 이웃의 시선을 통해 비춰가며 살아가는 것, 섬이나 사람이나 다르지 않다.

고군산을 연결했던 장자페리호

"근데 말이지, 믿기 힘들어도 이런 이야기가 있어. 옛날 어느 도인이 대장봉에 올라 이 근동을 살펴보면서 큰 인물들이 많이 날 거라 했다는군. 그리고 먼 훗날 육지와 긴 다리가 이어지고 동쪽으로 문이 열리면 군산도는 부귀와 영광을 얻을 것이다. 개벽천지 할 거란 말이지. 그래서 큰 대大, 길 장長이라고 섬 이름이 붙었다는구만."

돌아 나오는 길, 긴 그림자를 드리우는 해 걸음을 따라 천천히 대장교를 건넜다. 관리도 너머로 또 하루가 저물어 간다.

무녀도 사람들

4월도 중순이다. 육지에서는 벚꽃이 한창일 텐데. 모래와 펄이 섞인 무채색의 갯벌에도 꽃이 피었다. 아무리 작업복이라지만 노랗고 빨간 원색부터 꽃분홍과 짙은 보라색까지 다채롭다. 햇볕을 가리기 위해 꽁꽁 싸맨 차양 깊은 모자에도 꽃무늬가 화려하다. 몸은 갯벌 바닥에 묶였어도 볕 좋은 봄날 여심은 한참 꽃 시절이다.

오늘은 무녀도 어촌계가 주관하는 바지락 공동작업이 있는 날이다. 장소는 무녀 1구 서드리마을 앞 갯벌이다. 시간은 바다가 정한다. 물이 빠지고 다시 들기까지 여섯 시간이지만 대략 서너 시간 일한다. 개인당 채취량도 60킬로그램으로 정해져 있다. 시작을 알리는 어촌계장 인사말도 따로 없고 도착하는 대로 눈인사를 나누며 적당한 자리를 찾아 알아서들 시작한다. 벌써 빨간색 고무 대야에 소복하게 오른 바지락 더미도 보인다. 두서없어 보여도 이미 오래도록 닮고 닮은 눈썰미와 손놀림이다. 따로 바지락이 숨겨진 보물 지도를 가진 것도 아닌데, 이정표도 없이 막막한 갯벌에도 나름 선수들이 앉은 자리가 꽃자리다.

이야기꽃이 피어난다. 가만히 듣고만 있어도 간밤의 사건 사고부터 동네 돌아가는 소식들이 중계된다. 어제 KBS 〈한국인의 밥상〉 제작팀이 다

무녀도 앞 갯벌 바지락 공동작업

녀간 모양이다. 누구 집에서 뭘 찍었는지는 이미 다들 알고 있었다. 장자도에서는 애틋한 모자의 정을 어머니의 손맛이 담긴 아귀탕과 실치 회무침에 버무려 담을 계획이란다. 아마도 다음 달 5월 가족의 달 특집으로 구성되는 듯싶다. 무녀도에서도 갯벌 앞, 서드니마을 애틋한 고부간의 사연을 고사리 우럭탕과 바지락 무침과 함께 소개될 예정이다. 최불암씨랑 같이 사진을 찍었다는 뉴스는 별 자랑에도 못 낀다. 지난번 방송에 화면발이 잘 받지 않아서 속상했다는 말을 듣고 보니 방송 출연이 이번이 처음도 아니었다. 이런저런 수다들이 오가는 사이, 어느덧 고무 대야에 수북해진 바지락은 20킬로그램 정도 담기는 그물망에 담겨 배가 닿을 수 있는 갯고랑 가까이 옮겨진다.

무녀도 바지락은 군산과 부안 식당가에서 제법 알아준다. 오염될 만한 뭔가도 없고 서해안의 풍부한 영양염류와 햇볕 좋은 갯벌 때문이다. 특히 무녀도 갯벌은 바지락이 좋아하는 모래와 펄이 적당히 섞인 혼합갯벌이다. 그래서 어른 엄지손가락 두 마디 될 만큼 씨알도 굵고 잘긋하게 씹히는 맛도 그만이다. 탕으로 끓여낸 뜨거운 국물은 차가운 바닷바람에 얼은 몸을 녹이는 데 다시 없다. 양념 고추장으로 제철 미나리와 함께 무치면 술안주로 제격이다. 다져서 죽으로 끓이면 보양식이 따로 없고 깊은 국물이 스민 칼국수는 간편식으로 인기 있다.

우스갯소리로 무녀 1구, 서드리의 지명이 '서둘러야 먹고 사는 동네'라고 한다지만, 무녀도 지킴이 육영인 회장님 말로는 젊은 과부 혼자서도 애들 키우며 살 수 있는 이유가 저 갯벌 때문이라고 한다. 사지 멀쩡하고 아픈 데 없이 건강해서 게으름 피우지만 않으면 아무 밑천 없는 사람도 살 만한 섬이 무녀도라고 한다. 그래서인지 한번 무녀도에 들어온 사람은 좀처럼 외지로 나가지 않는다. 특별히 부자가 된 사람도 없지만 그렇다고 못

한 배 가득 바지락을 싣고 돌아오는 선외기

살게 뇌 둘만큼 무심한 동네가 아니다. 어촌계도 그렇고 부녀회도 그렇고 의기투합 잘 되는 섬이 무녀도다.

선유도와 무녀도 사이 갯골은 깊다. 사리때 썰물에도 큰 배가 다니는 뱃길이다. 1985년에 두 섬을 잇는 다리, 선유대교가 놓였는데 그전까지는 선유도 쪽 나루와 무녀도 쪽 나루를 잇는 돛배가 따로 있었다고 한다. '진또깡'이라고 부르는 무녀도 선착장은 썰물에도 배를 댈 수 있는 유일한 곳이다.

공동작업으로 캔 바지락은 선외기라고 불리는 작은 배로 이곳에 옮겨져 무게를 잰다. 저울은 솔직하다. 한나절 노동의 무게가 고스란히 계량되면 어촌계원 중 한 사람이 작은 표 딱지에 날짜와 작업자 그리고 무게를 적어 준다. 한 사람 한 사람 저울의 눈금이 나올 때마다 주변이 시끌시끌해진다. 계량을 마친 바지락 보따리는 23킬로그램씩 정량화해서 진또깡 나루 가장자리에 쌓아둔다. 여자들만으로는 버거운 작업이다. 이제 곧 바지락을 실어 갈 배가 오든지 때로는 객선에 실어 보내기도 한다. 망 하나당 5만3천 원씩 쳐 준다니 세 망이면 한나절 일당이 15만 원인 셈이다. 뒷일은 어촌계에서 마무리할 것이다. 마을 사람들은 호미며, 깔개 같은 저마다의 도구들을 챙겨 들고 모감주나무 새순이 오르는 길을 지나 집으로 향한다. 아직 해는 중천이다.

무녀도 완양염전 가족사

무녀봉에 올랐다. 마침 꽃 시절을 맞은 봉우리는 드문드문 산벚이 제철이다. 무당이 상을 차려놓고 춤을 추는 모양새란다. 130미터 나지막한 봉우리지만, 무녀도초등학교가 있는 서드리마을을 가운데 두고 좌로 선유도부터 우로 고군산대교 너머 신시도까지 파노라마가 펼쳐진다. 치열한 삶의 현장이라 믿기 어려울 만치 썰물의 바다는 아득히 멀다. 바람조차 없다. 먼 수평선의 경계가 뿌연 안개에 가려 흐릿하고 이름도 알지 못하는 작은 섬들이 긴장 풀린 바다 위를 표류하듯 떠 있다. 마을 앞으로 드러난 갯벌의 고요에 묻혀 봄날 오후 서드리의 풍경은 나른하다.

섬 이름도 봉우리 따라 무녀도巫女島라 지었다. 지금은 하나의 섬이지만 방조제 공사가 있기 전까지, 무녀봉과 서드리 그리고 모개미 마을이 각각 별개의 섬이었다. 1962년 완공된 길이 525미터 방조제와 15만 평 염전이 생기면서 무녀도는 비로소 하나의 섬으로 묶였다. 하지만 무녀봉 자락 아래 펼쳐진 벌판은 소금밭이 아니다. 무슨 사연인지 방치된 폐염전에는 붉은 칠면초가 가득하고 갈대가 빽빽하게 자라있다.

여기저기 수소문하다 선유도에서 가게를 한다는 최인성씨를 찾아가게 됐다. 무녀도를 가로지르는 연결도로 막바지 공사가 한창이던 해, 6월 중순이었다.

무녀도 염전

　군산에서 은행 다음가는 재력가로 알려졌던 최현칠옹은 1953년 전쟁 직후 염전 사업을 구상했다. 최인성씨는 그의 맏아들이다. 사업 수완이 좋았던 그는 군산에서 백화점에 버금가는 큰 물류 상회를 운영했고, 미군 부대에도 여러 물품을 납품하면서 큰돈을 모을 수 있었다고 한다. 당시 나라

에서는 북에서 내려온 피난민의 생계를 위해 염전 조성을 적극 추진하고 있었다.

잘 알려진 신안군 증도의 태평염전이나 경기도 화성의 공생염전이 비슷한 시기에 조성됐다. 소금은 국가에서 전량 매수해서 판매까지 독점하는 전매사업이었고 살아가는 데 없어서는 안 되는 필수품이었다. 더구나 조기 황금어장을 가까이 두고 있는 무녀도에서 소금을 직접 생산한다면, 고깃배들이 멀리 군산까지 가서 염장하지 않고, 직접 구매할 거라는 타산도 가능했다.

처음 구상은 무녀봉 가까운 안쪽으로 15정 (약 4만5천 평, 1정은 3천 평) 정도를 생각했다가 무녀 2구에서 통학하는 아이들이 멀리 10리 길을 에돌아 다니는 걸 보고 서드리와 모개미를 직선으로 연결하기로 계획을 바꿨다고 한다. 대신 바깥쪽 파도와 바람을 견뎌내야 하는 어려움이 따랐지만 감수키로 했다. 공사는 방조제 양쪽에서 시작해 중간지점에서 물막이공사로 빠르게 마무리할 계획이었지만 순탄치 않았다. 모든 장비를 바지선에 싣고 예인선으로 실어 날라야 했고 변변한 중장비가 흔한 시절이 아니어서 군부대 도움도 청해야 했다. 레일을 깔고 큰 돌덩이를 궤도차에 실어 나르는 거의 모든 작업이 사람 손을 거쳐야 했다. 중간에 두 번이나 방조제가 터지는 사고가 생기면서 완공은 늦어지고 공사비 부담도 커졌다. 예상보다 3배가 넘는 7천8백만 원을 쏟아 부었다. 당시 시

무녀도

세로 서울에 7층 빌딩 3채를 살 수 있는 금액이었다. 궁여지책으로 이자 비싼 사채까지 끌어다가 1962년 1월 겨우 마무리했다. 때마침 염전 사업이 민영화로 전환되었지만, 시련은 거기서 끝나지 않았다.

자금 압박으로 공들여 다진 염전 9할이 사채업자에게 넘어갔다. 남겨진 1할이 현재 '완양염전'이라는 간판이 내걸린 1만2천4백 평이다. 엎친 데 덮친 격으로 5.16 군사 쿠데타로 들어선 정권은 정치적 경쟁자인 김대중의 후원금 상당이 목포와 신안 일대 염전에서 나온다는 점을 알고 소금값 폭락을 유도해 망한 염전을 국가가 인수하는 정책을 폈다고 한다.

전쟁의 폐허를 딛고 일어섰던 사업가였어도 마지막 2년을 버텨내지 못했다. 최현칠옹은 결국 손을 떼고 섬을 떠났다. 가세가 기울자 큰아들이었던 최인성씨도 객지로 떠돌았다. 버려진 염전에서 마을 사람들이 소금을 내기도 하고 일부는 논으로 바꿔 벼농사를 짓기도 했었다는데 몇 년 후 최현칠옹은 무녀도로 들어와 염전 일을 다시 시작했다. 소금 일을 가업으로 이어주길 바랐던 아버지의 요청으로 1978년 서른여덟 청년도 무녀도로 들어왔다. 처음에는 한 5년 있다가 도망칠 요량이었다는데, 파란만장했던 가족의 애환이 담긴 땅을 차마 떠날 수 없어 지금까지 눌러앉게 되었다. 아마 아버지도 그랬을 것이라고 한다.

최인성씨는 4년 전 뇌경색을 앓기 전까지 소금을 냈다. 숫자와 연도에 관한 기억이 여전히 또렷했고 체력을 회복했다고는 하지만 혼자서 겨우 가게나 볼 수 있을 정도라고 했다. 더구나 험한 일 할 사람 구하기도 쉽지 않다. 간신히 또래의 일꾼을 구했는데 그도 이미 칠십을 넘긴 고령이어서 얼마나 더 소금을 낼 수 있을지 장담하지 못했다. 다만 소금밭은 아직 멀쩡해서 올해 날씨만 좋으면 소금꽃 피는 모습을 다시 볼 수 있을 거라고 했다. 잘 가라는 인사 대신 소금꽃이 피면 꼭 다시 다녀가라고 했다.

무녀도 초분

초분은 이미 사라졌다고 한다. 그것도 벌써 7~8년 전이라고 한다. 소식을 전하는 동네 아주머니의 대답이 무척 싸늘하다. 무녀도 초분을 찾아왔다고 소개할 때부터 직감했던 반응이었다. 방금까지도 호의적이던 얼굴에서 돌연 웃음기가 사라지고 바짝 경계하는 눈빛으로 변했다. 좀 더 신중했어야 했다. 체념하고 돌아서는 뒤통수로 말 한마디가 짱돌처럼 날아온다.
"넘의 집 무덤을 너 나 헐 것 없이 사진 찍어 대싸니께 누가 좋다 혀?"

낭패였다. 더 늦기 전에 고군산 일대 유일하게 남아 있던 무녀도의 초분을 사진에 담으려고 왔는데. 너무 늦어버렸다. 할 수 없이 장자도로 넘어가는 길모퉁이 '초분 공원'을 찾아갔다. 그런데 꼴이 말이 아니다. 명색이 공원인데 우거진 잡풀 사이에서 벤치 하나 찾을 수 없다. 몇 가지 형태의 초분 모형을 지어놓고 곁에 안내판 하나씩을 세웠는데, 덮어둔 이엉 여기저기 지푸라기가 빠져 쑥대머리 마냥 흉물스럽다. 벗겨진 초가 틈으로 드러난 철골 골격이 성의 없이 흉내만 낸 모형 티가 적나라하다.

담당 부서에 전화했더니 그곳까지 관리할 여력이 없다는 답변과 동네 주민들이 나서서 청소해야 하지 않겠냐는 반응이다. 사실 귀하게 남겨진 풍습이지만 섬을 찾는 일반인의 관심을 끌 만한 소재는 아니다. 행정기관의 입장도 그렇고 초분을 찾아온 외지인을 대하던 주민들 반응 또한 이해

못할 바는 아니다. 그렇다고 해도 이왕 조성해놓은 시설인데 아쉽기도 하고 착잡하다.

쥐똥섬이 보이는 무녀2구 풍경

　일종의 풀 무덤이라 할 수 있는 초분은 임시 묘다. 시신을 바로 매장하지 않고 '덕대'라고 불리는 돌 기단 위에 모시고 지푸라기로 이엉을 엮어 덮는다. 2~3년 정도 육탈이 되기를 기다렸다 좋은 날을 받아 뼈만 간추려 정식으로 매장한다. 유교식 장례보다 훨씬 이전부터 내려오는 원시적인 풍습이지만 비교적 최근까지도 전라도와 서해안 일대 섬 지역에서는 간혹 볼 수 있었다고 한다. 유난히 섬과 해안지역에 초분 문화가 자리 잡은 이유는 아마도 바다를 끼고 살아야 하는 삶 때문으로 이해된다. 자식이 멀리 뱃일 나간 사이 돌아가신 부모의 장례를 마무리할 수는 없었을 테다. 혹시라도 매서운 겨울 날씨면 젊은 사내들도 없이 땅 파는 일조차 만만치 않았을 것이다. 그러니 보내는 사람의 도리를 다하도록 해서 미련 남기지 않고 망자를 보내려면 두 번의 장례가 결코 번거로운 일이 아니다.

청산도 초분

 신안군 청산도에서는 매년 특별한 장례가 열린다. 영화 〈서편제〉에서 유봉 일행이 진도아리랑을 부르던 장면이 촬영됐던 장소로 유명세를 탔던 섬이다. 남해의 끝자락 완도에서도 여객선으로 한 시간 남짓 더 들어가야 한다. 하지만 섬에 발을 들이는 순간부터 마치 타임머신에서 막 내린 것처럼 시간은 천천히 흐른다. 유채꽃이 지천으로 펼쳐진 풍경 사이로 구불구불 이어진 돌담길을 따라 걷다 보면 경운기 대신 소로 논을 가는 농부를 만나기도 하고 운이 좋으면 소달구지를 얻어 탈 수도 있다.
 노랗게 찾아온 봄철에 맞춰 매년 '청산도 슬로걷기 축제'가 열린다. 한 달가량 계속되는 축제 프로그램 중 '초분草墳시연' 행사가 있다. 경험 많으신 동네 어르신들이 전문가들과 함께 장례를 재연한다. 섬 전체가 슬로시티로 지정된 청산도는 남다른 선택을 했다.

몇 해 전 송영옥 할머니가 돌아가셨다. 선유도 망주봉 자락에 복원된 오룡당을 관리해오던 당산 할매였다. 그녀의 장례는 군산시 한 장례식장에서 치러졌다. 자식들이 그곳에 살기 때문이다. 섬 주민들도 배를 타고 육지로 조문을 다녀왔고 할머니도 육지에 모셔졌다고 들었다. 할머니만이 아니다. 섬에서 나고 한평생을 섬에서 지냈어도 이제 사람들은 섬에 묻히지 않는다. 조상들로 거슬러 간 뿌리는 섬에 묻혀 있어도 자식들이 뻗어나갈 줄기는 더는 섬이 아니다. 섬 노인들은 앞서 떠나간 이웃들을 통해 자신들의 미래를 알고 있다. 아니 그것은 이미 오래전 뭍으로 자식들을 떠나보낼 때부터 각오한 죽음이었다.

　얼마 후 다시 찾아간 초분 공원은 사라지고 없다. 아예 철거한 모양이다.

고개 너머 통개 마을

통개로 이어지는 작은 고개 하나를 넘는다.

선유 1구와 2구, 두 마을을 잇는 지름길이다. 선유도초중학교를 가로지른 길은 오래전 아이들 통학길이었겠다. 차량 하나 겨우 지날만한 폭에 제법 경사도 있는 편이어서 그런지 고갯길을 넘는 내내 마주치는 사람 하나 없다. 해변을 따라 뚫린 넓고 편한 길이 있으니, 동네 사람들조차 굳이 이 불편한 길을 왕래할 이유가 없겠다. 이런저런 탈 것들이 흔한 시절이니 숨차게 걸어 올라야 하는 고갯길이 외면당하는 것도 이상한 일은 아니다.

아무리 헐한 걸음이라지만, 오르막 끝에 닿을 즈음 짐을 멘 등에 땀이 찬다. 작은 수고에 보답이려니 싶게 하늘만 가득했던 고갯길 너머 새로운 풍경이 펼쳐진다. 잠시 배낭을 벗어두고 사진기를 꺼내 든다. 문지기처럼 마을 앞바다에 뜬 두어개 작은 섬과 파도를 막고 배를 정박하기 위해 뻗어나간 짧은 방조제. 선유 1구, 통개마을은 남쪽 바다를 향해 산을 등지고 앉은 전형적인 어촌이다. 마을 초입 해양경찰 초소를 지나면 포구를 끼고 앉은 마을로 들어선다. 외지바람을 덜 탄 듯 소박하다. 더러 민박을 치고 한두 군데 관광객을 상대로 하는 카페도 생겼지만, 통개는 조용히 늙어가는 섬마을이다. 생필품 파는 구멍가게 앞 평상 동네 할머니들 수다가 여전하고 풀어 키우는 개들 걸음걸이도 느긋하다. 바다로 길게 뻗은 당산을 두

고 해안은 둘로 나뉜다. 앞장불은 어선과 낚싯배가 드나드는 포구고, 옥돌
이 깔린 뒷장불은 주로 외지 손님들이 찾는 작은 해변이다. 고즈넉한 포구
를 벗어나 골목길로 접어들면 온갖 생선을 널어 말리는 날것의 비린내와
고단한 섬살이를 말해주듯 낡은 빨래가 널린 그런 동네다. 집 주변을 끼고
코딱지만한 텃밭을 빼곤 농사지을만한 땅도 보이지 않는다.

　명사십리 해수욕장을 끼고 앉은 선유 2구, 진말과는 사뭇 다른 분위기
다. 커다란 수족관에 제철 물고기를 가득 채운 횟집이 즐비하고 새로 지어
올린 번듯한 펜션들, 빨간 중국집 간판도 보이고 치킨과 피자가게 너머로
노래방도 빠지지 않았다. 섬까지 이어지는 길이 나면서 여객선 대신 관광
버스가 풀어 놓은 낯선 발걸음과 조금 떨어진 주차장을 마다하고 굳이 해
변 가까이 들어오려는 차들과 무어라 부를 이름조차 알 수 없는 탈 것들

이 뒤엉켜 시끌벅적하고 어수선한 진말. 고갯길 하나를 사이에 두고 시간의 경계를 넘어온 듯 이 작은 섬에서도 삶의 모습은 다양하다.

통개는 조선시대 통정대부를 지낸 벼슬아치를 배출한 자부심 있던 마을

선유1구 통개마을 옛 모습

이었다. 정3품 이상 당상관이니 지금으로 치면 상당히 높은 고위직 공무원이다. 마을 이름에는 그런 사연이 담겨있다. 마을 뒷산을 가로질러 고군산 연결도로가 나면서 마을 분위기도 조금씩 달라지고 있다. 몽돌 해수욕장을 끼고 앉은 낡은 펜션 몇 채가 리모델링 중이고, 바다로 뻗은 당산 둘레로 이어진 산책길도 얼마 전 단장을 마쳤다. 사람 많고 번잡스러운 분위기보다 호젓한 섬마을 속살 냄새가 남아 있는 정겨운 마을이다.

어둠이 내려앉으면 별은 유난히 밝고 떠드는 사람 없어 파도 소리가 더 가까이 파고든다. 고개 너머 통개마을에서는.

바다 끝에 가서 거할지라도

낡고 소박했다.

상가들이 밀집한 거리를 돌아 안내받은 자리를 더듬어 선유초중학교 근처까지는 왔는데, 딱히 간판이나 이정표를 찾을 수 없었다. 두리번거려야 했다. 학교 정문에서 오른편 마을 안쪽 골목길로 들어서자 비로소 작은 종탑이 눈에 들어왔다. 길 끝, 야트막한 언덕이다. 마을 집들 지붕보다 약간 도드라진 건물 위로 겨우 솟은 종탑이 아니었으면 교회 건물이라 알아보기도 힘들게 평범하다. 더욱이 바로 옆에 육중한 높이 철골 통신탑 때문에 종탑은 더 작고 왜소해 보인다. 담장이나 대문도 따로 없다. 가장자리에 심은 키 작은 꽃들을 따라 놓인 거친 시멘트 포장 오르막길은 아침 비질이 정갈하다. 인사를 건네는 목사와 차를 내주는 사모의 첫인상도 그랬다.

졸다가 내려야 할 목적지를 지나쳐 잘못 내린 간이역처럼 왔던 선유도…

당연한 이야기이지만 선유도는 제주도가 아니었습니다. 전혀 이국적이지도 않았으며 사시사철 우아한 신혼부부의 여행지는 더더구나 아니었습니다. 마을 앞 개펄에 고깃배가 몇 척 조용히 엎혀 있는, 비릿하고 파리가 떼로 몰려다니는 그냥 조용한 섬이었습니다. 바람 불어 파도가 바다를 뒤집어 놓으면 올 수도 갈 수도 없는 지구의 끝일 뿐이었습니다.

- 『바다의 끝에 가서 거할지라도』, 류순화, 신망애출판. 1997

올림픽 열풍이 온 나라 안을 휩쓸던 그해. 서른넷의 그와 스물아홉의 그녀는 장마 끝 폭염이 기승을 부리던 8월 초에 선유도로 들어왔다. 8톤짜리 교회 장로님 배에 이삿짐을 싣고 원색 차림의 피서객들 틈에 끼어 선착장에 내렸다. 짭짤하고 비릿한 바다 냄새와 물 한 방울이 아쉬워 제대로 씻지도 못했던 첫날, 결국 저녁을 식당에서 사 먹고 소금기가 허옇게 말라붙은 옷과 몸 그대로 자리에 누워야 했다. 목사 내외는 그 첫날 밤을 잊지 못했다.

목사는 '강냉이죽 한 그릇에 목사 된 사람'이라고 자기를 소개한다. 전쟁 직후 형제 많은 집에 태어난 그는 교회에서 나눠주던 강냉이죽과 밀가루를 먹고 자란 세대다. 배급 주던 사람에게 무심코 던진 약속 때문에 교회에 나갔다가 신학교를 지원했고, 어쩌다 보니 연고 하나 없는 선유도까지 오게 되었다. 그런데 부임한 일주일도 안 돼 난감한 문제에 봉착했다고 한다. 물과 전기 때문이 아니었다. 교회가 들어앉은 땅을 두고 시비가 붙었다. 처음 땅 주인은 교회를 통해 배급됐던 원조 밀가루가 고마워서 땅을 양도했었다. 말이 매매였지 도장 찍힌 문서 하나 제대로 없고 서로 고맙고 고마운 마음에 기부라고 생각했었던 듯싶다. 그런데 대통령 선거가 막바지로 가면서 여당 후보 입에서 툭 불거져 나온 새만금지역 개발 공약이 자식들의 마음을 흔들어 놓았다. 부모는 돌아가신 뒤였고, 이미 오래전 섬을 떠나 도시 사람이 된 자식들의 눈에 땅의 가치는 달리 보였다. 마침내 소송에서 이기기는 했지만, 마음 한편 불편함을 쉽게 지울 수는 없었다.

선유도교회는 1958년 소금 창고를 예배 처소로 개조하면서 시작했다. 오홍덕 목사가 오기 전까지 16명의 목회자가 다녀갔다. 평균 2년을 넘기지 못하고 떠난다는 섬 사역. 그도 역시 힘들었다고 한다. 처음 3년 동안

'도대체 내가 왜 여기 있는가'라는 스스로 질문에 답을 내지 못했다. 사람들 마음 깊이 뿌리내린 패배 의식. 배우지 못했고, 가지지 못한 '섬놈'이란 생각을 바꿀 수 있을까. 불가능해 보였다고 한다. 마치 탄광 속을 드나드는 막장 인생처럼 내일이 없고 희망이 없는 이들에게 교회가 무엇을 주어야 하나. 살아야 할 이유를 만들어 주어야 했다.

그리고 훌쩍 삼십 해도 넘는 세월이 흘렀다. 선유도에서 얻은 딸아이가 그때 그녀의 나이만큼 자란 시간의 길이. 어떻게 견뎌왔냐는 질문에 그는 그저 웃으면서 자기보다 아내가 더 힘들었을 거라며 대답을 피한다. 한참 때는 장년 95명, 유년 주일학교 120명, 중고등부 33명에 이를 만큼 선유도교회의 부흥기도 있었다. 선유도만이 아니다. 선유도교회는 고군산군도 개척교회를 지원하는 배후 거점지 역할을 맡았다. 지금은『선교지 섬 이야기』라는 목회 정보지 발간사업을 통해 섬 교회들을 하나로 결속시키는 일도 그의 몫이다. 그렇게 지내다 보니, 어느 날 문득 사람들 눈빛이 변해 있었다고 한다.

고군산군도 섬사람들의 삶을 바꿔 놓은 또 한 사람이 있다. 1959년 52세 나이로 섬 선교에 나섰던 추명순 전도사다. 그녀는 고군산군도 끝 섬 말도까지 들어가 험한 일을 마다하지 않았다. 전쟁과 가난 그리고 소외된 사람들 속에 밀알이 되었다. 고군산 선교지 구석구석 그녀의 이야기는 빠지지 않는다. 구호 물품을 받아 구제사업을 하고 신앙생활로 뿌리 깊은 미신을 물리치기도 했다. 그녀는 24년간 11개 유인도에 8개 교회를 개척했고 1986년 76세 나이로 말도교회에서 은퇴했다. 1994년 11월에 소천했고, 그녀를 기억하기 위한 기념사업회가 꾸려져 얼마 전『추명순 전도사』라는 책도 출간했고 말도에 기념관도 마련할 예정이다.

선유도교회

말도교회 흑백사진(추명순 전도사)

　나라와 학교가 다 채울 수 없었던 빈자리를 교회가 대신해왔던 시절이 있었다. 소외된 사람들에게 구원의 손길은 더 간절하기 마련이다. 그렇게 한 시절을 보내고 이제는 겨우 살만한 섬들이 되었다. 새로운 바람이 불어닥치고 있다. 험한 뱃길 대신 육로가 놓이고 언제든 통화할 수 있는 세상을 살고 있다. 낮은 선유도교회의 종탑과 바로 옆 훨씬 더 높이 솟은 통신탑은 의미심장한 대조다. 한때 떠들썩하던 아이들이 떠난 섬에 밥벌이를 찾아 도시에서 선유도로 출퇴근하는 사람이 늘었다. 교회를 찾는 신도는 해마다 줄어가고 있다. 알게 모르게 섬의 땅 주인들도 바뀌고, 새로운 이들과 원주민 사이에 다툼도 어제오늘 일은 아니다. 교회가 있어야 할 자리를 고민하는 선유도교회 목사와 사모의 시름도 깊어 보인다.

　두 시간 남짓 인터뷰도 부족해 두툼한 선교지 묶음을 건네준다. 말없이 빙그레 소웃음만 짓는 사람이라던 소문과 달리 삼십 년 교회사를 조목조목 끄집어내는 목소리는 잔잔하고 깊은 울림이 있었다. 교회 앞에서 배웅을 나온 그는 사진 한 장 찍자는 말을 극구 사양했다.

가깝고도 먼 섬, 관리도

관리도는 가깝고도 먼 섬이다. 육지로부터 연결된 도로가 장자도에서 끊기면서 더욱 그렇다. 장자도 선착장에서 바라보면 직선거리로 2킬로미터 남짓 코앞이고, 배로 10분이면 건널 수 있다. 하지만 따로 배편 없이 객선을 타려면 하루 두 번뿐이다. 그것도 날이 좋을 때 이야기다. 바람이 거세거나 안개라도 들이닥치면 여객선도 장담할 수 없다.

섬은 남북방향으로 가늘고 길쭉하게 뻗었다. 대장봉에 오르면 한눈에 잡히는 꼬챙이처럼 생겼다고 해서 꽂을 관串자를 쓴 이름을 얻었다. 고군산 섬 무리 중 맨 서쪽 가장자리에 울타리를 두른 듯 솟아 한겨울 매섭게 달려드는 북서풍의 거친 숨을 달래 놓는다. 어쩌다 안개가 자욱한 날 아침, 섬 봉우리가 하늘에 떠 있는 모습을 드물게 볼 수 있다. 그런 날 섬은 턱밑까지 바짝 다가와 있다. 마치 걸리버 여행기에 나오는 천공의 섬, 라퓨타처럼.

여객선에 오르면 자리에 앉을 새도 없이 내릴 준비를 해야 한다. 좁은 해협 사이, 관리도의 수문장 같은 시루섬을 지나치면 바로 선착장이다. 수심 탓인지 선착장은 마을이 있는 포구에서도 한참 떨어져 있다. 평일 오후 배에는 외지 손님도 없다. 육지에서 볼 일을 마치고 집으로 돌아가는 주민 두엇이 전부다. 겸사겸사 장을 봤는지 묵직한 보따리가 한 짐이다. 접안하는 짧은 사이, 선원의 손길까지 더해 짐 내리기는 순식간이다. 미리 연락이 있었는지 전기 카트가 마중을 나와 있다. 짐을 옮겨 싣고 덤으로 얹혀 간다. 선착장 초입에 들어선 발전소가 맨 먼저 눈에 들어온다. 90년대 초반에 지어졌다고 한다. 카트는 전봇대가 세워진 시멘트 포장길을 따라간다. 통성명을 나누고 누굴 찾아왔는지를 묻더니 내비게이션보다 친절한 길 안내는 물론이고 아예 집 앞까지 실어다 준다. 담장도 대문도 따로 없다. 스물일곱 세대가 사는 곶지마을은 안쪽으로 깊은 포물선 포구를 따라 옹기종기 모여 있다. 주민등록상 인구는 130여 명이지만 실거주자는 육십여 명 안팎이라고 했다. 지붕 색깔도 가지각색이다. 마을 안쪽에 나지막한 교회가 있고, 국민학교가 있었다고 했던 자리는 새로 들어설 캠핑장 조성 공사로 어수선했다.

마을 구경삼아 여기저기 사진을 찍는데, 자전거를 타고 지나던 중년 사내가 말을 걸어왔다. 전혀 낌새챌 수 없었는데 파출소장이라고 한다. 두어

관리도 곶지마을

마디 말을 섞다가 아예 파출소로 초대받았다. 팽나무가 있는 포구 길 끄트머리 옆쪽 언덕이다. 태극기가 걸려 있는 유일한 관공서 건물이다. 살다 보니 이런 일도 있구나 싶었는데 차도 한 잔 내어준다. 책상 하나, 컴퓨터와 전화기 한 대씩 그리고 대화를 나눌 작은 공간에 자취 살림하는 숙소가 뒤쪽에 딸렸다. 무기 저장고나 유치장 같은 시설은 따로 없냐고 농담삼아 물었더니 무전기와 아까 순찰 돌때 타고 나갔던 자전거가 비품 전부란다. 대간첩작전 임무가 있었던 오래전에는 젊은 전투경찰도 서너 명 근무하고, 돌아가며 초소 경계 근무도 서며 실탄 지급도 받았지만, 요즘 같은 시절에 어느 간첩이 배 타고 침투하겠냐며 웃는다.

파출소장은 고군산군도에 침투했었던 간첩 사건을 들려준다. 60년대 말쯤, 관리도에서 이십여 킬로미터 떨어진 십이동파도에서 실제 있었던 일이었다. 당시 세 가구 정도가 살고 있었던 섬이었는데, 무장한 간첩들이 주민 두 명을 납치해간 사건이다. 그 사건 이후로 고군산군도 일대 섬 중 소규모 마을들이 소개됐다고 한다. 관리도만 해도 3개 마을이 있었는데 현재 남아있는 곳지마을로 강제 이주하면서 나머지 두 개 동네가 사라졌다. '설록금'이라고 불리던 부근에는 약 만 평 정도 논도 있었고 쌀도 팔십 가마니 정도 냈던 모양인데 농사지을 사람들이 떠나면서 지금은 갈대 무성한 습지로 버려졌다. 반공이 국시였던 시절이니 좋다 싫다 한 마디 못하고 그저 시키는 대로 해야 했던 아픈 역사다.

소장은 혼자 근무했다. 관리도뿐만 아니라 인근 섬들 대부분 형편이 그렇다고 한다. 일주일에 절반 정도는 섬을 떠나 있고, 한여름 피서철에는 아예 두어 달 선유도로 파견 나가 섬을 비워야 하지만 별 탈 없을 정도로 주민들은 순박하다. 비밀도 없고 더는 훔쳐 갈 것도 남지 않은 섬이다. 관리도까지 찾아오는 관광객도 많지 않아 따로 신경 써야 할 일도 적은 편이다.

  섬 근무가 딱히 힘들지는 않지만, 가끔 섬 안에 섬처럼 느껴질 때가 있다고 한다. 사람 사는 곳이니 섬 주민들 사이에도 종종 다툼이 일어 서로 욕설을 퍼붓거나 멱살을 잡는 경우가 있다고 한다. 그렇지만 파출소까지 끌고 오거나 경찰이라고 신고하는 경우는 거의 없다. 그래도 혹시 싶어서 현장에 나가 보지만 또 다른 누군가 나서서 말리거나 대부분 알아서 정리한다고 한다. 겉으로야 별것도 아닌 시시콜콜한 일 같지만 오랜 시절 묵은 감정이 뒤엉킨 갈등은 여간 조심스럽지 않다. 어설프게 나섰다가 불에 기름 붓는 꼴이기 때문이다. 정년을 얼마 남겨두지 않은 그는 퇴직하면 섬에 묻혀 살고 싶지는 않다고 한다.

  인터뷰 아닌 인터뷰를 나누고 돌아 나오는 파출소 뒤쪽 오솔길은 관리도 뒤편으로 넘어간다. 힘겨운 고군산의 하루를 지켜왔던 지친 해가 능선 너머 서해 먼바다로 기울어 간다. 마지막 순간을 노리는 바다는 거침없이 붉기만 하다. 마을은 이미 어둠의 차지다. 전봇대마다 매달린 가로등이 불을 밝히면 섬은 하늘과 바다의 경계가 무너진 틈으로 슬며시 몸을 감춘다.

말도에서 만난 귀촌 부부

　장자도에서 오전 배를 타고 말도로 들어갔다. 반나절 섬을 돌아보고 오후 배로 다시 나올 심산이었다. 어항 근처 선착장에 내리자 마을 주민 한 분이 경운기를 몰고 나왔다. 너나없이 경운기에 짐을 싣고 몸도 얹는다. 내게도 행선지를 물었지만, 딱히 정해놓은 걸음이 아니어서 멀어져가는 경운기를 따라 천천히 걸음을 뗐다. 여객선이 돌아나가는 바다 너머로 해가 중천에 오르는 수평선은 아슴푸레하게 멀다. 고군산군도 중에서도 맨 끝 섬, 말도에서 바다를 훌쩍 건너 육지 쪽을 되돌아보는 기분은 묘하다.

　마을로 이어진 길은 고작 삼백 미터였지만 객선에서 짐을 들고 움직이기엔 만만찮은 걸음이다. 더구나 주민들 나이를 생각해보니 경운기를 몰고 나온 속 깊은 배려로 마을 인심을 가늠해본다. 절개된 해안을 따라 놓인 길은 다양한 습곡 모양 암석의 지붕 없는 박물관이다. 눈요기도 잠깐이다. 마을에서 가까운 선착장에 이르자 20여 채 집들이 경사를 따라 들어앉았다. 담이 없다. 울타리도 없이 옹기종기 모여 앉은 모습이 너나없이 정겹다. 마을 초입 왼편 길옆에 버려진 이승복 동상과 책 읽는 소녀상이 건물도 하나 없는 공터의 전력을 짐작케 한다. 맞은편 2층짜리 마을회관 건물도 오래 비워둔 묵은 티가 난다. 마을을 가로질러 능선 쪽으로 달라붙은 길은 작은 텃밭 사이로 가지를 쳐서 경계도 없이 다닥다닥 붙은 집들 사이로 흩어진다.

말도마을 전경

　깔끔하게 단장한 교회를 지나 능선 가까이 마을이 끝나는 지점에서 새로 지은 집 한 채가 눈에 들어왔다. 대문이 따로 없어도 키 낮은 울타리 너머 마당이 정갈하다. 마치 야외공연장 맨 뒷자리 객석처럼 마을 전경과 선착장 너머 고군산 바다와 하늘이 한꺼번에 보이는 전망 좋은 자리다. 집이며 마당이며 막 물이 오른 키 작은 봄꽃들에 한눈을 파는 중인데, 초로의 사내가 먼저 말을 걸어온다. 집주인인 듯싶다. 마치 뭔가를 훔치다 들킨 사람처럼 놀란 나를 다짜고짜 들어오라고 청한다. 잠시 통성명하고 서로의 이력을 뒤적여 알만한 이름을 찾아가고 있는 사이 텃밭에서 돌아온 안주인도 깜짝 반긴다. 아까 배에서 내릴 때 이미 나를 봤으니 벌써 구면이라고 한다.

박정남 조미영 부부는 말도로 귀촌한 사람들이다. 궂은날이 아니면 주말마다 섬에 들어와 지내다 가기를 4년째라고 한다. 공무원인 정남씨는 정년이 얼마 남지 않았다. 퇴직하면 아예 말도로 옮겨올 작정으로 집도 지었고 텃밭도 일군다. 만경 능제에서 치르는 선박 운행시험도 봤고 항해사 자격증도 땄다. 섬에 살려면 무엇보다 배가 있어야겠다 싶어 차근차근 준비 중이다. 그렇게 맺은 인연은 한 달 뒤에도 이어졌다. 아예 하루 묵을 작정으로 들어오란다. 좋은 안주가 있으니 술도 한 잔씩 하자고 했다.

정남씨는 요즘 통발 놓는 재미에 흠뻑 빠져있다. 아직 배가 없는 그가 섬에 들어오면 맨 먼저 통발부터 들고 나간다. 안주로 내온 것도 그 통발로 잡은 것들이다. 처음에는 주말 먹을거리를 바리바리 싸 들고 들어왔는데, 통발치고 텃밭을 가꾸면서 쌀하고 밑반찬 정도만 챙기니까 짐이 확 줄었다. 소식을 전해 듣고 고두만 이장까지 합석했다. 전날 잡은 광어가 좋

말도에서 만난 귀촌 부부

다며 회를 쳐서 들고 왔다. 푸짐하다. 술잔이 돌고 이야기가 이어지면서 붉은 웃음꽃이 터진다. 별 이야기도 아니다. 그저 살아온 이야기를 꺼내고 세상살이 씹어가다가 잔이 비면 또 술을 채운다.

미영씨는 소위 문학소녀였다. 심훈의 『상록수』를 읽고 막연히 시골을 동경해왔을 만큼 순수했지만, 찢어지게 가난한 집 7남매 중 큰아들인 남편을 만나 장성한 두 아이까지 키워낸 억척스러움을 동시에 지녔다. 오빠 소개로 만난 남자는 운명 같았다고 한다. 말단 공무원으로 시작했던 남편은 늘 입버릇처럼 나이 먹으면 산골로 들어가자 했는데, 옥도면장을 지내면서 인연을 맺은 말도에 취해 자기도 마음 고쳐먹었다고 한다. 초로의 나이들인데도 두 사람은 눈 맞추며 바보같이 웃기를 반복한다.

고두만 이장은 소문난 머슴이었다. 성실하고 근면해서 벌써 20년 가까이 말도 이장을 맡아 왔다. 그날 자리가 초면이었지만, 관리도 이장님을 만났을 때나, 장자도나 방축도에서도 만나는 사람마다 그의 이야기가 빠지지 않았다. 좋은 사람들 때문에 술자리는 화기애애해진다.

사라진 영신당 이야기가 안주로 올랐다. 여느 당집과는 달리 말도 영신당은 규모가 컸다. 정면 3칸, 측면 2칸에 당집으로는 보기 드물게 팔작지붕을 얹었고 족히 한 아름이 됨직한 8개 기둥과 각주마다 공포를 장식해서 상당한 예산과 정성을 들인 건물이었다. 이장의 기억으로는 영신당 신축에 마음을 보탠 이들의 이름이 적힌 비석도 한구석에 있었다고 한다. 그런데 말도에 들어온 목회자에 의해 주민들이 원하지 않는 방식으로 사라지고 말았다. 바다로 일 나간 사이 중장비를 동원해 철거해버린 사실을 뒤늦게 알게 됐다. 두만씨는 그 일 이후 교회에 나가지 않는다고 한다.

도둑맞은 장도칼 이야기도 꺼냈다. 당제를 지낼 때 돼지를 잡을 만큼 예리하게 날이 섰었는데 해군홍보단이 다녀간 이후로 보이지 않았다. 심증은 있지만, 물증을 잡은 것도 아니어서 이미 잃어버린 보물들을 생각하면 마음만 아플 뿐이다.

대문도 담도 없는 마을에는 비밀도 없다고 한다. 비밀이 있을 만큼 서로 감출 것도 없고, 비밀이 지켜질 만큼 넓지도 않은 섬이다. 낯선 이가 들어오면 그가 사진기를 들었는지 어디를 다니는지 누굴 만났고 무슨 말을 나눴는지 거의 실시간 중계된다고 한다. 아마 나도 그랬을 것이었다. 이런 이웃과 속 터놓고 지낼 수 있을까. 박정남 조미영 부부는 잘 적응할 듯싶다.

어촌이나 농촌으로 귀촌한 많은 이들이 이웃의 텃세, 어촌계의 높은 장벽 때문에 다시 떠난다고 한다. 낭만적으로 보이는 겉모습과 달리 막상 살려고 작정하고 겪어보는 섬은 만만찮다. 10년 후 나는 어떨까.

집으로 돌아가는 고두만 이장의 뒷모습이 길모퉁이 뒤로 사라진다. 바람에 흔들리는 별빛 아래 샛노란 구실잣밤나무꽃이 한창이다.

섬마을 잔치가 있던 날

　잔치가 늦어지고 있다. 갑작스레 몰려든 불청객 때문이었다. 군산에서 귀빈들을 실은 배는 아직 도착하지 못하고 있다. 여객선이 포구에 들어오기 직전부터 해무는 북서쪽에서 불어온 바람을 타고 섬 뒤쪽 능선을 넘어 스멀스멀 행사장을 선점하고 있었다. 행사를 주관하는 청년회장과 이장이 번갈아 전화 통화를 하고, 마이크를 잡은 진행자가 간간이 양해를 구하는 안내를 했다. 그러나 20여 분이 넘도록 늦어진 개회식 때문에 불평을 하는 사람은 없었다. 펜션 단지 뒤쪽으로 차양을 드리우고 마련된 테이블에는 이미 음식들이 푸짐하게 차려졌고, 일찍부터 자리한 주민들끼리는 벌써 서너 잔 술잔이 돌고 있었다. 앞치마를 두른 부녀회원들이 전을 부치고 싱싱한 회를 추가 주문받으며 부산하게 움직였다.

　오늘은 한마음 잔치가 열리는 날이다. 방축도, 명도, 말도 주민들이 한자리에 모인다. 매년 초여름 세 개 섬이 번갈아 가면서 행사를 주관한다. 올해는 말도 차례다. 얼추 이백 명이 넘어 보인다. 이 많은 사람이 도대체 어디에 살고 있었을까 싶다. 고군산군도 가장자리에 따로 떨어진 이유 탓인지 섬 주민들끼리 유대 관계는 남다르다. 새만금 사업이 추진되기 전에는 고군산 일대 전체 섬 주민들이 모여 체육대회를 했었다지만, 개발사업에 대한 의견 충돌 때문에 더는 그런 자리가 없다고 한다.

안개가 몰려드는 말도 능선

　손님들이 도착하면서 개회식이 진행됐다. 두루 무슨 무슨 기관과 단체 대표들이 줄지어 마이크를 잡았다. 한결같은 인사말은 계절 인사로 시작해서 자신들의 치적을 늘어놓다가, 짧게 갈음한다는 말로 아쉬운 마이크를 넘기곤 했다. 연단에 오르는 연사가 바뀔 때마다 박수가 반복됐다. 먼 걸음을 했으니 그 정도 인사치레는 해야 하지 않나 싶었다.

　빨간 마후라에 조종사복을 입은 전투비행 단장도 축사를 했다. 그의 인사는 좀 남달랐다. 무대 뒤편에 수북하게 마련한 경품 소개를 한참 했다. 청소기, 제습기, 선풍기, 커피포트 등등 크기와 색깔도 제각각인 세간살이 상자가 가득하다. 주민들 박수도 상품 소개 때마다 이어졌다. 아마 직도 사격장 때문이라 짐작됐다.

개회식 행사는 감사패 전달로 마무리했다. 자리를 마련하느라 애쓴 몇 몇이 패를 받았다. 뱃일이 기다리는 사람들은 1부 행사가 끝나자 물때에 맞춰 자리를 떴다. 늘어지던 인사말에 지루했던 건 사회자도 마찬가지였나 보다. 각설이 복장을 한 그는 무선 마이크를 챙겨 들고 아예 무대 아래로 내려왔다.

텔레비전을 켜놓은 것처럼 무대 위에서 축하 공연이 진행되는 사이, 각설이는 객석 여기저기를 누비며 흥을 돋웠다. 노련한 솜씨 덕에 분위기는 금방 달아올랐다. 기다리던 노래자랑 시간이다. 마을마다 명가수로 꼽히던 단골들이 빠짐없이 소환됐다. 대략 자기 차례를 기다리는 사람도 있었다. 흥에 겨운 사람들이 너나없이 무대 앞으로 나가 춤을 췄다. 원색의 나들이 복장에 선글라스까지 멋을 부린 이와 몸뻬 바지에 앞치마를 두르고 밭일할 때 쓰는 모자를 한 말도 부녀회원도 어울렸다. 춤판은 초대 가수가 노래할 때도 사그라지지 않았다. 고전적인 관광버스 춤에 학창 시절 막춤에 엉거주춤한 이장 춤까지. 막판에는 말도 최고령 할머니도 불려 나왔다. 흘러나오는 반주 따로 각자의 춤사위 따로였지만 아이들처럼 신이 났다. 잠시 전 인사말을 했던 이들도 술자리에 끼었다. 직함보다는 형님 동생으로 서로를 불렀다. 더러는 행사장 뒤쪽에 따로 모여 담배를 피웠다. 뭔가를 따지려는 이와 쩔쩔매는 시의원의 표정은 멀리서도 심각해 보였다.

열 한 시쯤 시작한 행사는 오후 객선 시간을 훌쩍 넘기도록 이어졌다. 그래도 마무리를 서두르는 사람은 없었다. 언제까지 행사를 마무리할 것이라는 안내도 없다. 술이 떨어지고 안주가 바닥날 때까지 제풀에 지쳐 돌아갈 때까지 계속할 낌새다. 행운권 추첨을 시작한다는 방송이 나오고서야 춤판이 겨우 진정됐다. 초대 가수가 먼저 두어 장을 뽑았고, 아직 남아 있던 귀빈들도 차례로 추첨했다. 세 번을 불러도 대답이 없으면 다시 뽑았

방축도 출렁다리

다. 경품이 바닥날 때까지 뽑고 또 뽑았다.

삶이 무겁고 심각해 보이다가도 생각보다 단순할 때도 있다. 같이 모여 음식을 나누고, 마주 보며 춤을 추고, 아이들처럼 어울려 노는 것. 3개 섬 마을 사람들은 아직도 그렇게 모여서 먹고 마시고 춤추며 놀았다.

2023년에는 세 개 섬과 중간중간 보농도와 광대섬을 잇는 다리가 놓인 다. 물론 주민들을 위한 다리는 아니다. 포구를 끼고 앉은 섬마을끼리는 배가 더 빠르고 편하다. 그래도 섬 주변의 탁 트인 바다를 끼고 오르락내 리락 파도처럼 이어진 트래킹 코스가 완성되면 지금보다 형편이 한결 나 아질 것이다. 물고기가 줄어가는 걱정에 관광객의 마음을 낚아야 하는 새 로운 고민도 늘어갈 테지만.

초여름 해가 이울 무렵에야 사람들은 저마다 배를 타고 돌아갔다.

말도등대

항로표지航路標識, Aids to Navigation.

등광, 형상, 색채, 음향, 전파 등의 수단에 의하여 항, 만, 해협 기타 대한민국의 내수, 영해 및 배타적 경제수역을 항행하는 선박의 지표로 하기 위한 등대, 등표, 입표, 부표, 무신 호소, 무선 방위신호소 기타의 시설을 뜻한다.

등대의 공식 명칭이다. 뱃길을 안내한다는 기능만으로 정의된 항로표지 법상 개념에서 사람 냄새는 맡아지지 않는다. 외롭다거나 쓸쓸하다는 일체 감정이 배제된 단어, 무미건조한 그 언어가 주는 거리감은 불빛이 닿는 먼바다 어디만큼이나 멀다. 나는 등대를 찾아왔다.

고군산군도의 등대들은 섬의 숫자보다 많다. 파도를 막아선 방파제 끝에도 있고, 만조시 바다에 잠기는 암초에도 솟아 있다. 사람이 살지 않는 무인도에도 등대는 있다. 어청도를 빼면 말도등대는 고군산 일대에서 유일한 유인 등대였다. 군산에서 오자면 뱃길로도 꼬박 두 시간이다. 마을 가까운 선착장에서도 한참이나 멀다. 서해 먼바다로 막힘없이 열린 최북서단 절벽 끝에 등대는 서 있다. 우연히 보급품을 실으러 나온 등대지기를 본 적이 있었다. 짐칸이 딸린 작은 전동차를 끌고 왔다. 그는 말이 없었다.

객선이 접안을 시도하는 내내 무심한 눈길로 배를 응시했다. 물건을 내릴 때 선원과 몇 마디 인사말을 주고받고 곧장 짐을 옮겨 싣고 선착장을 벗어났다. 등대로 향하는 길은 마을로 이어진 길 반대편이다. 외롭다기보다 고단해 보였다.

말도등대 모습

가까운 걸음으로 다가선 등대는 하늘 높은 줄 모른다. 높이 26미터, 팔각 철근콘크리트 구조물은 지난 2007년 새로 지은 등대다. 등탑의 문을 열고 회전계단을 타고 오르면 등불을 밝히는 등롱이 있을 것이다. 백 년도 넘는 세월의 바다를 지켜왔던 예전 등대는 철거됐다. 일제는 조선의 국권 침탈에 앞서 이곳에 등대를 세우고 뱃길부터 열었다. 곳곳에 도사린 암초를 품은 섬들이 조밀하고 밀물과 썰물에 따라 수시로 변하는 서해 연안의 지리에 어두운 적선의 길잡이를 했다. 등대가 안내하는 길을 따라 군인을 실은 전함이 들어왔고 군산항에서 쌀을 실은 배가 빠져나갔다. 해방 후에

는 조기 떼를 쫓아온 어선들의 북상을 도왔으며 남하하는 홍어와 대구 무리를 지켜봤다.

어둠이 하늘과 바다를 삼키는 시간에 등대의 존재감은 빛을 발한다. 10초에 1초씩 깜박이는 백색 섬광은 26해리(약 48킬로미터)까지 뻗어간다. 저마다 고유한 방식으로 뿜어내는 빛으로 등대는 구분된다. 회전하는 빛줄기는 태풍이 몰아온 비바람도 뚫는다. 안개가 밀려오면 불빛 대신 안개 피리로 자신을 알린다. 등대의 존재는 곧 위험이다. 그래서 등대가 짊어진 고독은 숙명이다.

2004년 한 일간지에 실렸던 등대지기 모집 관련 기사는 바람 찬 밤바다보다 더 암울한 현실이 읽힌다. 인천해양수산청이 낸 2명의 등대원 모집

공고에 57명이 지원했다. 28.5대 1 경쟁률이다. 그 이듬해는 1명 모집에 45명이나 몰려 사상 최고 경쟁이 벌어졌다. 등대원은 업무가 힘들고 근무 조건도 열악해 대표적인 기피 직종이었다. 가족과 떨어져 지내야 하고 한 달에 겨우 일주일 가량만 뭍으로 나올 수 있다. 밤에 일하는 등대의 시간에 맞춰 등대원 또한 낮밤이 바뀐 하루를 살아야 한다. 수당이 포함된 연봉이 1천5백만 원에 불과한데도 대학을 졸업한 고학력 지원자도 늘었다고 한다. 우수한 인력을 뽑을 수 있다고 반길 일만은 아니다.

항로표지 안내원, 등대를 지키는 이들의 또 다른 이름이다. 임무와 역할이 명시된 말은 결코 낭만적으로 들리지 않는다. 얼어붙은 달그림자를 떠올리거나 파도 냄새도 느껴지지 않는 저 이름이 선착장에서 스쳐 갔던 이의 표정을 닮았다. 몇 번을 망설였으나 나는 끝내 그를 취재하고 싶다는 연락을 하지 못했다.

2019년 8월 말도의 등대지기는 철수했다. 말도등대는 이제 무인 등대다. 등대지기도 떠나고 등대만 남았다. 사람 없는 저 등대가 지키는 바다, 불빛은 여전히 깜박이겠지만 누군가의 따사로운 눈길과 뱃사람들의 안녕을 바라는 기도가 빠진 바다에서 불빛은 바람에 시리다.

한 달만 살자, 저 섬에서

누구나 한 번쯤 섬을 꿈꿔본다. 세상에 지치고 사람에게 질려서, 홀연듯이 살던 곳을 떠나고 싶을 때, 섬을 떠올리곤 한다. 갈 만한 곳이 있을까. 한 달이라도 머물 만한 섬이 있을까. 또는 운명처럼 여생을 지낼 섬을 만날 수 있을까. 굳이 제주도가 아니라면, 방축도는 꼭 한 번 둘러볼 만한 매력을 지녔다.

방축도防築島라는 이름은 바람과 파도를 막는 역할을 한다고 해서 붙여졌다. 횡경도부터 방축도, 광대섬, 명도, 보농도 그리고 말도를 잇는 횡렬의 열도는 고군산 안쪽에 있는 선유도나 무녀도를 지키는 울타리처럼 자리했다. 흔히 무산 12봉으로 불린다. 덕분에 겨울철 차가운 북풍과 사나운 파도에도 안쪽 바다에서는 김 양식이 가능하다. 섬에 들려면 배가 드나드는 방축구미 포구를 거쳐야 한다. 성벽처럼 포구를 둘러싼 높은 방파제가 태풍이 몰아치는 계절 만만찮은 섬살이를 짐작케 한다.

마을로 이어지는 길은 발전소가 있는 방축구미 포구에서 시작한다. 섬 주변 풍광을 살피려면 능선을 따라가는 트래킹 코스가 따로 있다. 포구 바로 뒷산 정상까지 반듯하게 넓혀놓은 길이다. 오래전 봉수대에 있던 자리에 지금은 통신탑이 세워져 있다. 하지만 섬마을 사람살이를 가까이 느끼려면 마을 길이 좋다. 어떤 길을 먼저 선택하던 길을 잃을 일은 없다. 섬 안의 모든 길은 포구로 되돌아 나온다.

남쪽 해안으로 솟은 봉우리 두어 개가 작은 골짜기와 소박한 장불을 이루며 사이사이 집들은 너무 드러나지도 아주 감춰지지도 않았다. 드문드문 전봇대가 전깃줄을 이어가는 길은 옛날 우물터와 마을 정자며 교회도 빠뜨리지 않았다. 차량 하나 지날 만큼 여유로운 마을 길은 꽃길이다. 음력 보름과 그믐에 맞춰, 한 달에 두 번 동네 부녀회원들이 정성스레 가꾼다고 한다. 벽화가 그려진 담장에도 꽃은 피었고 섬 주변 풍경이 담겼다. 인사를 건네거나 길을 묻는 이방인에게 돌아오는 대답은 친절했다. 묻지도 않은 이야기까지 덤으로 보태졌다. 방축도 명물인 독립문바위나 얼마 전 개장한 출렁다리 말고도 길 숲에 숨은 고인돌이며 애써 가꾼 동백숲에도 들러보라고 권한다. 걷기 좋은 섬, 살기 좋은 마을로 유명세를 타며 주말이면 일부러 섬을 찾는 발길이 늘었다고 한다. 따로 숙박업소는 없지만 몇 집 민박을 치는 집을 찾기는 어렵지 않다. 흥정을 해 보지 않았지만, 바가지 쓸 걱정은 안 해도 될 인심이다.

방축도 발전소는 1997년 1월에야 비로소 지어졌다. 이전까지는 경운기를 연결한 발전기를 돌려 초저녁부터 자정 무렵까지 겨우 불 밝힐 만큼 전기를 썼다. 지금은 집집마다 냉장고를 24시간 돌리고 있다. 이웃한 명도와 말도까지도 송전하고 있다. 육지에서 섬을 찾는 외지인은 당연시 여겨지는 것조차도 오랜 섬살이를 겪어온 노인들에겐 전기도 없이 살아온 세월이 더 길다. 그랬던 섬사람들도 이제는 전기 없는 생활을 상상하기 어려울 만큼 세상이 변했다. 물론 영화관이나 짜장면집 하나 없고 제때 배달되지 않는 LPG 때문에 불편을 겪기도 한다. 정기적으로 보건소 직원들이 직접 찾아와 약을 배급하고 있어도 급할 때 병원이나 약국을 찾으려면 배를

타고 육지까지 나가야 한다. 그래도 물을 얻어 마시려고 찾아들었던 민박
집 칠순 내외는 아직 섬을 떠날 생각이 없다고 한다. 좀 더 나이 들어 병
이 들거나 혹시라도 홀로 남겨지게 된다면 몰라도.

방축도 마을 입구

방축도에 언제부터 사람이 살기 시작했는지 정확한 기록은 없다. 전해지는 말로는 장보고가 바다의 패권을 쥐고 있었을 당시 길을 잃고 표류했던 당나라 선원들이 머물렀다고 한다. 하지만 뿌리를 내린 것 같지는 않다. 1928년 6월 29일 자 동아일보에 실린 기사는 방축도가 무인도라고 했다. 기자는 고군산열도 순례 중 일부러 방축도를 찾는데, 제주에서 왔다는 해녀들 때문이었다. 그들은 늦은 봄부터 움막을 짓고 지내며 섬 주변에서 전복과 해삼을 잡았다고 한다. 하지만 이들도 채집 철이 끝나는 이른 가을이면 모두 고향으로 돌아가고 섬에는 아무도 남지 않았다.

미루어 짐작컨대 방축도에 사람이 살기 시작한 것이 기껏 백 년도 안 된다. 술자리에서 주워들은 이야기로도 고군산 일대 주민들이 조상 무덤을 쓰려고 찾았던 섬이었다고 한다. 그래서인지 섬에는 알게 모르게 눈에 띄는 무덤들이 적지 않다. 경사진 터를 일군 밭 가장자리에 모셔진 봉분도 있지만, 사연을 짐작하기 힘든 고인돌 무리도 50여 기가 넘는다. 대부분 도굴꾼의 손을 탄지라 무덤의 주인이며 연대를 짐작할 만한 무엇 하나 없다. 그럼에도 불구하고 방축도 생끄미마을은 행정안전부가 주최한 '2009년 참 살기좋은 마을가꾸기' 전국 콘테스트에서 대상을 차지했다. 보도자료를 통해 군산시는 섬이라는 제약에도 불구하고 주민들 손으로 직접 일군 점과 마을의 설화를 바탕으로 스토리텔링 벽화를 제작한 점이 높이 평가받았다고 설명했다. 웬만한 가뭄에도 마르지 않았던 생끄미 달샘을 모티브로 달마중 항아리 탑을 세우고, 동백숲과 어우러진 동네 숲도 이목을 끌었다. 이듬해에는 문화체육관광부가 주최한 대한민국 공간문화 대상도 받고, 환경부로부터 자연생태 우수마을로 지정되기도 했다.

섬에는 젊은 사람이 드물다. 섬에서 나고 자란 발전소장처럼 50대 중반의 또래도 더러 있지만, 대부분 주민은 노년을 지내려고 섬을 다시 찾은 사람들이다. 방축도가 다시 젊어질 수 있을지 장담할 수 없지만, 참 따뜻하고 푸근한 인정을 품고 있는 섬만은 분명해 보인다.

방축도 독립문바위

3부

천년의 바다를 품은 섬

직도 이야기

 군산시 옥도면, 고군산군도가 속한 행정구역이다. 거리로 따지면 군산이나 부안 그리고 김제와 엇비슷하게 가깝지만 사람 간의 정서적 거리가 지도에는 보이지 않는다. 육지에서 섬을 잇는 뱃길은 일찍부터 군산이었다. 도면 위에 파선으로 이어진 항로는 마치 탯줄처럼 섬과 뭍을 이어놓고 있다. 겨울을 지낼 쌀을 구하려고 젓갈 담긴 독을 싣고 심포나 변산으로 다녔다는 말은 옛말이다. 중학교에 진학하는 아이들은 군산으로 나갔고 조금 여유 있으면 전셋집이라도 하나 장만했다. 서류 하나 떼려고 해도 면사무소는 군산항이 있는 육지에 있고, 병원과 약국을 찾을 때도 도시로 다녔다. 새만금방조제가 들어서고 신시도에서 장자도까지 연결도로가 뚫린 지금도 고군산 사람들은 군산을 통해 육지로 나다닌다.

 인구 26만6천여 명, 2022년도 한 해 예산이 1조4천556억 원. '시민이 함께하는 자립 도시'를 추구하는 군산시의 재정자립도는 겨우 16.3퍼센트다. 지방세와 세외수입을 포함한 수입 규모가 전체 예산 대비 16.3퍼센트, 전국 평균인 48.7퍼센트에 한참 못 미치는 수준이다. 대체로 수도권 도시들 형편이 좋고 지방 중소도시로 갈수록 낮은 추세다. 울산이나 화성처럼 굴지의 기업을 끼고 있는 도시나 여수, 광양같이 대규모 산업단지가 있는 지역은 상대적으로 낮지만 군산이나 목포의 처지는 엇비슷하다. 서해안

항구 도시의 존재감은 일제강점기 수탈의 필요에 따라 키워졌다. 내륙 철도와 신작로가 항구로 연결됐다. 호남선 철도의 출발역은 목포고 벚꽃길로 유명한 전군가도의 끝은 군산이다. 사람도 돈도 그 길을 따라 흘렀다. 일제가 강점했던 용산에 미군 부대가 자리했던 것처럼 군산에도 미공군 기지가 있다. 군산발 제주행 비행기는 미군이 사용하는 활주로를 빌려 쓰고 있다. 아이러니한 역사지만 해방 이후 쇠락하기 시작한 도시는 과거의 아픈 기억조차 스스로 지우지 못했다. 조선은행 군산지점과 세관 건물이 이전 군산항 자리에 남아 있고, 영화 촬영으로 유명세를 탄 히로스 가옥이며 국내 유일의 일본식 사찰 동국사도 그대로 있다.

몇 세대를 뛰어넘는 세월의 힘은 비극적인 역사의 아픔보다 이국적인 감성을 먼저 자극하나 보다. 젊은 세대의 새로운 감성 여행지로 군산은 분명 남다른 매력을 가졌다. 하지만 그것만으로 새로운 미래의 성장동력이

직도

될 수 있을까. 재정 여건이 어려운 지방 중소도시들이 중앙정부 지원에 목을 매는 이유다. 더러 지역 주민 반대 여론에도 불구하고 방사능 폐기물처리시설이나 군사 시설처럼 소위 혐오시설 유치를 통해 국비를 끌어오려고 한다. 군산시도 이런 선택을 했다.

동경 126° 북위 35°, 직도는 말도에서 18.5킬로미터 떨어진 섬이다. 말도에서도 뱃길로 한 시간을 더 가야 하는 거리다. 고군산군도 47개 무인도 중 하나인 직도는 대한민국 공군이 1980년부터 이미 사격장으로 사용해오고 있었다. 그런데 2005년 8월, 경기도 화성시 매향리 사격장이 폐쇄되면서 대체지를 물색하던 주한 미군과 국방부의 눈에 띄었다. 주한 미군과 국방부는 자동 채점 시설을 추가 설치해서 미 공군의 사격훈련을 지속하려 했으나, 오히려 적법한 절차 없이 폭격장으로 써왔던 사실이 뒤늦게 드러나며 제동이 걸렸다. 지역사회 여론이 들끓었고 성난 주민들이 전라북도 도청 앞까지 몰려왔다. 설치허가권을 가진 군산시는 관련 부처들과 협상을 벌였으나 난항이었다. 폭격 훈련 시설 대책이 없으면 미 공군 전력을 한반도 밖으로 뺄 수밖에 없다며 제7공군 사령관이 으름장을 놓았다. 막판까지 몰려 얻어낸 합의가 11개 지역 현안 사업에 국비 3천4백억 원 지원이었다. 군산시 한 해 예산 중 사회기반시설에 투입되는 3천7백억 원에 맞먹는 규모다. 시민 1인당 따지면 약 120만 원에 해당하는 지원금을 받는 셈이다.

덕분에 군산시는 미뤄왔던 숙원사업들을 하나하나 풀어갈 수 있었다. 시내 한복판 예술의 전당이 최첨단 시설로 새 단장을 하고, 썰렁했던 옛날 군산항 부둣가에 근대역사박물관이 들어섰다. 가로변 전봇대와 전선을 땅에 묻으면서 도심 경관은 훨씬 깔끔해졌다. 국비 지원으로 여유가 생기자 시비 231억 원을 들여 수송동과 나운동을 잇는 백석고개 교차로 문제도

말끔히 해결했다. 시민들은 겨울철 오르막 빙판길 때문에 생기던 사고와 체중 걱정을 털어냈다.

고군산 일대 투자도 포함됐다. 신시도에서 무녀도, 선유도를 거쳐 장자도에 이르는 고군산군도 연결도로 개설사업과 바다목장 조성사업을 마무리했고 방축도, 명도, 말도를 연결하는 출렁다리 공사가 진행 중이다. 고군산군도를 포함한 군산시의 새로운 변화가 긍정적인 활력을 불어넣고 있는 듯하다.

전북연구원의 조사에 따르면 군산을 방문한 관광객 숫자가 꾸준히 늘어 지난 2018년 사상 처음으로 5백만 명을 넘어섰다. 선유도를 비롯한 고군산군도를 찾는 발걸음도 두 배 이상 늘었다. 반가운 일이 아닐 수 없다.

경기도 화성 매향리 앞바다 농섬

매향리 사격장 폐쇄 이후, 농섬에서 주민들이 수거한 포탄 잔해

폭탄 세례를 맞고 3미터가 깎여 나갔지만, 직도 상태는 아직 매향리 농섬만큼 심각하지는 않은 듯싶다. 해방 이후 54년간 폭격받았던 농섬은 풀한 포기 나무 한 그루 자라지 못할 만큼 처참했었다. 썰물 때면 섬 주변 여기저기 흩어진 포탄과 이따금 불발탄 폭발로 사람이 상하는 사고가 나기도 했었다. 매향리 마을 사람들은 아직껏 악몽에 시달리고 있다.

아이러니하게도 직도 인근 해역은 최근 스쿠버다이빙 마니아들이 즐겨 찾는 곳으로 관심을 끌고 있다. 서해에서 드물게 물이 맑고 볼거리도 많다고 한다. 인터넷에 올린 동영상에는 바위틈 이곳저곳 포탄의 잔해를 보여 주며 호기심을 자극하려는 듯싶은데 위험천만한 일이다. 언제 터질지 모르는 불발탄은 눈요깃거리도 아이들 장난감도 아니다. 그뿐만 아니다. 포탄에서 흘러나온 갖가지 화학물질 성분이 사람과 주변 생태계에 미칠 영향은 결코 이롭다고 장담할 수 없다.

당장은 불가피한 선택이라고 스스로 위안 삼을 수도 있겠다. 하지만 삼십 년 후에는 어떤 평가를 받게 될까.

유령처럼 떠도는 보물선

난파선 한 척을 봤다. 신시도 똥섬을 끼고 앞산과 소낭기미 사이로 깊숙이 들어온 살끼미 장불이다. 해변 모래밭에 기우뚱 주저앉은 배의 외양은 겨우 흉물스러운 원형만 남겨졌다. 선체의 칠은 남아 있지 않아 잔뜩 녹이 슬었고 유리창은 하나같이 깨졌다. 일찌감치 사람 손을 탄 듯싶다. 쓸만한 장비들도 뜯기고 여기저기 물이 고인 자리에 아무렇게나 버려진 쓰레기들이 나뒹구는 내부는 하이에나 같은 포식자들의 습격으로 남겨진 초식동물의 잔해처럼 보였다. '경남 609'라는 흐릿한 글씨로 미루어 연고지조차 먼 길을 흘러온 듯하다.

섬사람들 사이에 떠도는 이야기가 있다. 1945년 8월 즈음, 전쟁은 막바지로 치닫고 있었다. 패망 직전의 긴박한 상황에서 군산을 빠져나온 선박 한 척이 미군기의 폭격으로 고군산 열도 부근에서 침몰했다. 당시 상황을 목격했던 노인들은 배가 관리도 남쪽 해역에서 비안도 방향으로 표류하다가 칠산 바다 쪽 어디쯤에서 가라앉았다고 했다. 무엇을 실었던지 불이 붙은 배에서는 여러 차례 폭발이 일었고 섬사람들이 목격한 생존자는 갓 스물도 안 된 일본인 선원 하나가 유일했다. 배에서 밥 짓는 일하던 그는 갑판에서 떨어져 나온 나무 파편에 의지해 장자도까지 떠밀려왔다. 그

신시도 난파선

가 마을 사람들에게 흘렸던 이야기로는 침몰한 배에는 중국에서 모아들여 장항제련소에서 제작된 순금덩이 금괴가 엄청나게 실려 있었다고 했다. 금괴를 감추려고 비싼 명주실을 가득 실었다고도 털어놓았다.

그저 웃어넘길 수만은 없는 것이 해방 후에 미군 함정이 벌인 탐색 작업에 동원된 노인이 아직 살아있고, 선유도 3구 한 카페는 그 당시 침몰선에서 흘러나온 명주실을 거둬다 팔아 장만한 밑천으로 지은 집이라고 한다. 실제로 인근 해역에서 7톤 정도 중국 동전이 발견돼서 관심을 끌었던 적도 있었다.

1969년 4월 7일자 동아일보에는 내초도 앞바다 개펄 속에 파묻힌 30톤급 목조선박이 발견되어 아무개가 인양 허가 절차를 밟고 있다는 기사와 더불어 해방 이후 끈덕지게 전해오는 380억 금괴설이 함께 실려 있다.

그리고 군산이 고향인 모씨는 보물선 인양사업을 위해 회사를 설립하고 투자자를 모집했다가 사기로 적발되어 구속된 사건도 있었다. 어떤 노인은 박정희 정권 시절 중앙정보부 관계자들이 직접 탐문 조사를 나왔던 적이 있다고 했고, 또 다른 주민은 전두환 정권 시절 일본 정부가 난파선 인양을 은밀히 제안했는데 단호하게 거절했다고도 한다. 그러나 아직껏 금괴를 실었다던 보물선의 실체는 확인되지 않은 채 고군산 앞바다에는 부풀려진 소문만 여전히 떠돌고 있다.

사내를 만난 것은 장자도 선착장이었다. 낡은 트렁크를 끌고 유행이 지난 선글라스를 끼었지만, 한눈에도 평범한 여행객처럼 보이지는 않았다. 그저 담뱃불이나 빌리자며 테이블을 나눠 앉았던 것인데 사내는 묻지도 않은 이야기를 던지며 질문을 끌어냈다. 이어가는 말솜씨가 달변이었다. 육십 언저리로 보이는 사내는 '한때 잘나갔던 머구리'나 '역사에 관심이 지나쳐 큰집에서 나랏밥 좀 먹었다' 정도로 해두자며 자기소개를 일갈하고선 연거푸 줄담배를 물었다. 삼십 년 넘게 훑어 온 고군산 일대 물밑 사정을 늘어놓았다. 이미 신문에도 보도되었던 고군산 앞바다 도굴 사건들이 그의 입에서 굴비처럼 엮어 나왔지만, 경찰이 미처 밝혀내지 못한 사건의 전모가 따로 있다는 냄새를 풍겨가며 적당히 말꼬리를 흐렸다. 말을 더 들어 보건대 2004년 여름 또는 그 이듬해 가을에 검거됐던 비안도나 야미도 도굴 사건에 연루된 잠수부 중 하나가 아닐까 싶었다.

청자 도자기를 팁으로 받았던 술집 아가씨의 신고로 도굴범들은 검거됐었다. 신고자는 그들이 청자 그릇에 술을 따라가며 돌려 마셨다고 진술했다. 사건을 담당했던 남대문경찰서가 국립해양문화재연구소에 문의 전화를 하는 바람에 해양유물 발굴팀이 급하게 파견됐다. 야미도 안쪽 바다

전남 신안 앞바다에는 고려청자 인양을 기념하는 홍보관이 있다.

200미터 지점에서 난파선의 존재가 확인됐고 청자 대접 25점이 추가로 인양됐다. 서둘러 사적지 지정 절차를 밟고 새로 도입했던 첨단장비를 활용해서 인양작업이 진행됐다. 인양작업은 시굴선까지 동원하여 부근 해역의 바닥을 훑어가는 조사를 병행했다. 총 4547점의 유물이 나왔다. 대부분 12세기 고려청자가 주종이었으나 서민들의 일상에 쓰였을 것으로 짐작되는 도자기들이라고 전문가들은 말했다. 하지만 현장은 이미 도굴범들의 손이 거쳐 간 뒤였고 그들의 진술이 아니면 얼마나 많은 유물이 건져졌는지는 확인할 수 없었다. 도굴범의 진술은 믿을 수 없고 확인할 도리도 따로 없었다. 오랫동안 업무를 담당했던 경찰관의 말로는 도굴된 유물들은 검거에 대비해 여러 군데 장소에 나누어 숨겨지고 감춘 장소는 소수만의 비밀에 부쳐지는 것이 관행이라고 했다. 해적들의 오랜 버릇을 닮아있다. 그러므로 얼마나 많은 유물이 거래되는지 세상은 알지 못하고 세상에 알려지는 보물은 '먹다 남겨진 밥'인 경우가 많았다. 암거래 시장에 매물로 나오거나 출입국관리사무소의 적발이 아니면 비밀리에 거래되는 문화재들의 유출경로를 일일이 추적할 수도 없었다. 추적되지 못한 유물의 존재를 세상은 알 수 없었다.

　사내의 궤변도 끝이 보이지 않았다. 배는 이미 오래전 침몰했고, 침몰한 뱃속에는 유골조차 남겨지지 않았다. 소유했던 사람을 잃어버린 물건의 주인은 누구인가. 사내는 물었다. 자신들이 아니었다면 존재조차 확인되지 못하고 묻힐 뻔한 유물이었다. 배송의 책임도 유통기한을 넘겼고 물건을 받아야 할 사람도 물건을 넘기고 값을 받아야 할 사람도 더는 남아 있지 않은 세상이다. 바다가 품어 키운 물고기를 먼저 잡은 어부들이 차지하듯 바다는 누구에게나 열려 있어야 한다는 것이 그의 주장이었다. 더구나 해적과 해경의 구분조차 모호한 바다에서 건져낸 물건을 국가가 모두 가져가고 목숨 걸고 건져낸 물건의 사례는 못하더라도 감옥살이까지 시키는 되먹지 못한 나라의 심보를 사내는 도통 이해할 수 없다고 결론지었다. 그리고 담배를 또 한 대 피워 물고서야 시계를 들여다봤다. 문득 생각난 듯 대뜸 〈진품명품〉만한 프로그램이 없다는 말을 뱉으며 주섬주섬 자리를 털고 일어났다.

징자어화도 다 옛말이여

"우리 클 저그는 조기가 나왔지. 제법 어른 팔뚝만한 것들도 잡히곤 혔어. 여그 장자도허고 관리도 사이 요 앞바다를 '밭도'라고 허고, 선유 3구 돌아가는 물목을 '청돌', 글고 무녀도허고 선유 1구 사이 물길을 '만잔여'라고 혔는데, 물살이 시어서 주로 거그서들 잡았지."

장자도에서 태어난 김도형씨는 어린 시절, 조기가 흔전만전했던 장자도를 아직 또렷하게 기억하고 있다.

"백 동? 아니 그렇게까지는 못 허고, 한 동이 얼만지는 알지? 천 마리여. 열 동만 혀도 풍선배들 깃발 꽂고 요란시럽게들 들어왔지. 얼음이 없던 시절잉게 소금으로 절여서 강경이며 심포, 곰소, 줄포로 나냉기며 팔았어. 뭐, 돈 받고 판 것은 아니고 주로 쌀이랑 수박, 참외랑 바까 묵었지. 광어나 아구 같은 것은 먹을 줄도 몰랐어. 말리면 기름이 뚝뚝 떨어지고, 생긴 것부터가 재수 없다고 혀서 잽히면 그냥 바다에 던져버리곤 혔어."

오래전 조기철만 되면 고군산 앞 바다에 배들이 잔뜩 몰려들었던 시절이 있었다.

오래된 사진 속의 장자어화 풍경(장자도 앞바다에 몰려든 고깃배들)

바다가 아직 풍요롭던 시절이었다. 진달래꽃이 곱게 필 즈음이면 덩달아 고군산 앞바다에도 큰 소란이 일었다. 봄을 불러오는 것은 조기였다. 동중국해 심해에서 월동했던 조기는 추위가 풀리면서 서해 연안을 따라 북상했다. 입춘 즈음에 흑산도 해역을 지나 칠산 바다와 녹도 근해를 통과한 조기들은 5월이면 멀리 연평도까지 올라갔다. 조기떼를 쫓아 전국의 고깃배들이 몰려들었고, 흑산도와 위도, 연평도에서 파시가 섰다. 칠산 바다에서 멀지 않고, 위도에서도 지척인 고군산 바다도 음력 3월이면 술렁거렸다. 조업은 낮과 밤에 상관없이 들고 나는 물때에 맞춰 이루어졌다. 바람에 의지해 움직이는 풍선배들은 보름과 그믐사리에 맞추어 조기를 거두었고, 물살이 약해지는 조금에는 항구에 배를 대고 식수와 먹을거리를 구하거나 그물을 손질했다. 술에 취한 선주와 뱃사람들의 노랫소리로 섬의 포구들이 흥청거렸고, 만선의 기쁨으로 들뜬 콧노래로 바다 위에 뜬 배들도 출렁거렸다. 산란을 앞둔 조기들은 살이 오르고 한철의 풍요를 놓치지 않으려는 그물질은 한밤중에도 계속됐다. 장자도 밤바다에는 때 아닌 꽃들이 환하게 피어났다. 섬사람들은 바다가 풍요를 주던 그 시절을 '장자어화壯子漁火'라는 말에 담아두고 되새김질한다. 그러나 이제는 단물이 다 빠진 빛바랜 추억이 되고 말았다. 선유 8경의 하나로 꼽히던 장자어화도 흐릿한 중노인의 기억에서나 가물거리는 흑백영화일 따름이다.

조기들의 씨가 마르기 시작한 것은 70년대 즈음이었다. 나일론 그물의 등장과 조기떼들보다 빠른 동력선에 힘입은 남획 때문이었다. 퍼내도 퍼내도 마를 것 같지 않던 조기는 60년대 이후 점차 숫자가 줄더니 이제 팔뚝만 했던 조기는 제사가 아니면 특별한 손님상에나 오르는 귀한 존재가 되고 말았다. 진달래가 피는 봄이 다시 와도 개구리 울음소리 같던 조기 울음소리는 들리지 않고, 한번 풍요를 잃어버린 서해는 배들도 뱃사

대장봉에서 바라본 장자도

람들도 더는 불러오지 못한다.

조기만이 아니었다. 봄 조기 철이 끝나면 멸치와 병어, 민어와 갈치 떼가 차례로 몰려왔다. 그 덕분에 1919년 최초로 군산 수협의 역사를 태동시켰던 장자도 섬의 영화도 되돌아오지 않았다. 목조건물의 수협 어판장이 있던 그 자리에 지금은 '장자도 복합센터'가 들어서 있다. 마을 회관을 겸하면서 간혹 섬을 찾은 손님들을 위해 숙식과 여행안내를 제공하는 시설이다.

센터를 맡아 운영하는 김도형씨가 선유도에서 소랏배를 타기 시작한 것은 열여덟 살 무렵이었다. 기관장 밑에서 뒤치다꺼리를 하며 뱃일을 배웠고, 멀리 남지나 해까지 나가는 갈칫배를 6년 정도 타기도 했었다. 그러다가 멸치어장을 하던 아버지가 돌아가시면서 고향으로 돌아와 섬에 눌러앉게 되었다. 30년을 일궈 먹어 왔고, 60년 가까이 지켜본 바다였다.

아직도 그는 뱃일을 놓지 못하고 있다. 겨울철에는 섬을 찾는 손님도 거의 없어 복합센터 운영은 휴어기에 생계를 위한 방편일 따름이고 주업은 김 양식이다. 한 겨울철 바닷일은 고생스럽지만 그래도 목돈을 쥘 수 있다. 김 양식이 끝나면 주로 멸치를 잡는 낭장망을 설치하곤 했지만, 손맛을 볼 수 있는 기간은 고작 한 달 남짓이다. 따뜻해진 여름 바다에 번성하는 해파리 때문에 고기는 둘째치고 그물 자체를 망치기 십상이다. 겨우 액젓 담을 정도 건지고 나면 아예 걷어버리는 것이 낫다. 이른 가을까지 넉넉하게 멸치가 들던 아버지의 그물을 잊지 못하는 그의 눈에 바다는 늙어가며 쪼그라든 어머니의 젖가슴만 같다.

요즘 장자도 사람들은 잔뜩 꿈에 부풀어 있다. 새만금방조제가 연결된 신시도로부터 장자도까지 섬과 섬을 잇는 연결도로가 완공됐기 때문이다. 대규모 선착장과 여객터미널도 새로 조성될 계획이다. 지금껏 군산 연안

여객터미널에서 출발하던 뱃길도 옮겨왔고, 인근 관리도와 방축도 그리고 명도와 말도를 다니는 여객선도 이곳에서 드나들게 됐다. 대규모 어판장이 있는 비응항이나 유람선들이 뜨는 야미도 그리고 현재 신시도 항구를 거점으로 형성된 어로 거점을 둘러싸고 섬마다 복잡한 이해관계가 얽혀 있지만, 장자도 주민들의 기대는 대체로 낙관적이다. 서둘러 펜션을 짓는 사람도 있고, 새로 낚싯배를 구입할까 고민하는 어민도 있다. 평당 땅값이 250만 원에서 300만 원대까지 올랐다지만, 실제 거래는 거의 없다. 아마도 개발심리 때문인 듯싶다.

사람들은 오래전 잊힌 장자어화의 꿈을 다시 꾸고 있다. 수협어판장이 제일 먼저 들어서고 고군산 일대에서 학교가 처음 세워졌던 장자도, 큰 인물 많이 날 거라던 이름처럼 장자도가 고군산의 새로운 중심으로 우뚝 설 것인가. 쉽지만은 않을 듯하다. 점점 풍요를 잃어가는 바다와 거센 외지 바람을 견디기에 섬은 너무 작다.

신유도 오룡묘

선유도 망주봉 중턱에는 '오룡묘五龍廟'라는 당집이 있다. 먼바다를 내려다보고 있는 오룡묘는 정면 세 칸, 측면 한 칸 규모로 기와지붕을 얹고 기둥은 모두 12개. 망주봉 바위를 등진 당집 주변으로 오래된 참나무 십여 그루가 마치 호위무사처럼 둘러서서 지키고 있다.

다섯 마리 용이 모여 살았다 해서 붙여진 이름으로 토지신, 망주 대감, 오씨 할머니, 용왕님 등 다섯을 대상으로 한 제사를 모셨었다. 제사는 선유도의 유일한 당골 무당이면서 별신제를 주관하기도 했던 최씨 성을 가진 '당오매'가 맡아 했으나 30여 년 전 돌아가셨다. 선유도 당오매는 가업을 통해서 대물린 무당, 이른바 세습무였는데 '최씨'가 마지막 당오매였다.

당제는 정해진 날짜가 따로 없고 주로 동짓달이나 섣달 또는 정월 중에서 좋은 날을 받아서 지냈다고 한다. 당오매를 포함한 제관 다섯 명을 정해 목욕재계하고 정성껏 음식을 마련하는데 임씨 할머니는 입맛이 까다로워 돼지고기는 올리지 않고 싱싱한 조기, 명태 같은 생선과 채소만을 올렸다. 반면 오룡묘 제상은 기름지고 푸짐하게 장만했고, 당제가 마무리되면 선유 2구와 3구 마을 주민 모두가 모여 음식을 나눠 먹었다.

선유도 오룡묘

선유도에서는 약 10년에 한 번꼴로 '별신제'도 지냈다. 선유도 별신제는 본래 수군진을 지키던 수군 절제사가 주관했다가 진鎭이 없어지면서 마을에서 주관하게 됐다. 선주들이 따로 경비를 마련해서 소를 제물로 바치고 육지에서 별도 무당과 남사당패를 초청했다. 풍어를 기원하는 굿판이 선착장마다 벌어졌다. 고깃배의 무사고와 선원들의 안전을 염원하는 화려한 뱃기가 장관을 이뤘다. 제법 굿판이 크고 볼거리가 많아 주변은 물론이고 멀리 육지에서도 구경꾼들이 몰려들었다고 한다. 그러나 서해 조기 어장이 쇠락하면서 예산 마련이 어려워지자 결국 단절되고 말았다. 마지막 별신제나 당제가 열린 때가 한국전쟁 무렵이었다고 하니 벌써 70년도 더 된 까마득한 옛날 일이다.

당堂이라 하지 않고 묘廟라 한 것은 이 섬에 고려 시대부터 수군 진영이

163

있었기 때문이라고 한다. 예전에는 오구유왕, 명두 아가씨, 최씨 부인, 수문장, 성주 등 다섯 매의 무속화가 걸려 있었으나 90년대 어느 무렵 도난당했고 지금은 산신이 호랑이와 용을 옆에 두고 있는 초라한 그림 두 점이 걸려 있다.

오룡묘 뒤쪽 또 한 채의 당집이 있는데 '임씨 할머니당'이다. 전하는 말로는 나주 임씨들이 많이 사는 새터 마을에 여자아이가 하나 태어났는데, 한쪽 손을 펴지 못했다. 나이가 차서 정혼까지 했는데 혼례도 치르지 못한 채 급사하고 말았다. 죽은 뒤에서야 손이 펴졌는데 놀랍게도 손바닥에 임금 왕王 자가 새겨져 있었다. 이 일을 수군 절제사에게 알리자 수군 절제사가 "원래 왕비 될 운명인데, 평민과 혼인시키려니 돌아가신 것"이라 말했다고 한다. 한을 품고 돌아가셨으니 잘 모셔야 한다 싶어 마을 주민들이 오룡묘 뒤쪽에 따로 사당을 짓고 화본도 그려놓게 되었다는 것이 당집의 유래다.

주민들은 윗당, 아랫당이라고 구분해서 부른다. 산신, 북두칠성, 임씨 할머니 화상이 있었으나 이것도 모두 도난당했다. 무녀가 죽은 뒤로는 돌보는 사람 없이 방치되어 있다가 오룡묘와 함께 최근에 복원됐다.

선유도 말고도 야미도, 신시도, 방축도, 관리도, 말도 등 섬마다 어렴풋이 당집의 흔적은 남아 있으나 당제堂祭는 지내지 않고 있다. 남겨진 당집들은 대부분 훼손이 심했다. 지붕과 기둥이 무너져 내려앉아 흉물스럽고 흐트러진 제기와 빈 술병들이 어질러진 내부도 을씨년스러웠다. 대장도 산 중턱에 있는 '어화대魚火垈'도 얼마 전 태풍을 맞고 쓰러졌다. 말도의 영신당처럼 다른 종교를 가진 이에 의해 인위적으로 사라진 경우도 있었다. 기독교의 전파와 미신 타파, 그리고 관광지 개발에 밀려 신들의 이름이 잊혀가고 있다. 또한 신들을 핑계 삼아 떠들썩하게 벌이던 마을 축제 또한 기억 저편으로 멀어져가고 있다.

아직까지 풍어제를 이어오는 섬도 있다. 고군산에서 뱃길로 불과 한 시간 남짓 떨어진 부안 앞바다 위도다. 위도 대리마을에서는 지금도 매년 정월 초사흘이 되면 '원당제'를 지낸다. 제당의 이름이 원당이어서 원당제라고 부르지만, 널리 알려진 '위도 띠뱃놀이'라는 명칭처럼 잔치에 가깝다. 1985년 중요무형문화재로도 지정됐다. 마을 사람들은 산 정상에 있는 원당에 올라 당굿으로 제사를 시작한다. 이때 배를 가진 선주들은 한 해 동안 자기 배에 모실 서낭 내림을 받는다. 무녀가 서낭의 이름을 대고 생쌀을 집어 그 수가 짝수이면 서낭이 내린다. 서낭이 내리면 그 이름을 한지에 적어주는데 '깃손받기'라고 한다. 어선 하나하나 뱃기마다 깃손을 내려주며 축원과 풍어를 기원한다. 당굿을 마치면 농악대를 앞세우고 뱃기를

위도 띠뱃놀이

든 선주들의 행렬이 마을 한 바퀴 도는 '주산主山돌기'를 하며 용왕 바위에서 용왕 밥을 바다에 던지고 마을 우물 같은 곳에 들러 제사밥을 묻거나 간단한 음식을 차린다. 주민들은 술도 한 잔씩 나누면서 묵은 감정을 털기도 하고 덕담을 주고받는다.

축제의 마지막은 띠배를 먼바다로 띄워 보내는 일이다. 띠풀과 지푸라기, 싸리나무로 엮은 모형배에 떡이며 밥, 고기, 나물, 과일을 싣고 허수아비도 만들어 세운다. 띠배는 모선에 실려 마을에서 멀리까지 실려 나간다. 모선에서는 농악 장단과 주민들의 노랫소리가 이어지고 오색 뱃기를 휘날리는 호위선 몇 척이 뒤따른다. 연결했던 줄을 끊으면 마을의 모든 액운을 함께 실은 띠배가 물살을 타고 천천히 사라져간다. 이쯤이면 바다도 어둠에 잠기고 띠뱃놀이도 끝이 난다.

망주봉에 서린 슬픔

선유도 북쪽 높이 150여 미터로 솟은 두 개의 암벽 봉우리, 망주봉望主峰이다. 남다른 모양새 때문에 고군산 바다 어디에서도 시선을 사로잡는 이정표다. 봉우리는 살이 벗겨져 앙상한 뼈를 드러낸 무릎처럼 바위산이다. 모진 바람 때문인지 정상부는 표피를 덮을 흙도 나무도 없다. 키 작은 소나무나 노간주나무 정도가 중턱 바위 틈새에 겨우 달라붙어 자란다.

망주봉에 오르는 길은 로프를 잡고 올라야 한다. 말뚝을 박아 이어놓은 밧줄에 의지해도 가파른 경사는 만만치 않다. 쉴 자리도 여의치가 않다. 대신 시야를 가로막는 방해물 하나 없이 펼쳐지는 풍경은 위로가 된다. 팽나무와 해당화 군락이 있었다는 발치 아래 모래톱은 빈 바람만 머물다 간다. 어느 해 태풍에 뿌리가 뽑혀 시름시름 앓다 고사했다는 팽나무는 낡은 사진 속에서만 남아 있고, 아무개 서장이 당뇨에 좋다며 뿌리째 캐갔다는 해당화 군락은 이제 말뿐이다. 신시도와 무녀도를 잇는 돛단배 모양의 현수교가 새로운 풍경을 만들었다. 다리와 연결도로가 뚫리면서 선유도 앞 선착장으로 드나들던 여객선은 끊겼다. 아직 낚싯배와 몇몇 유람선이 스쳐 간다지만 북적대던 예전 분위기는 아니다.

정상에 오르면 큰 거인 발자국을 찾아보라던 말을 떠올렸지만 아마 커

다란 웅덩이를 두고 지어낸 말인 듯하다. 여름철 폭우가 쏟아지면 망주봉
에는 여러 줄기 폭포가 생긴다고 했다. 선유팔경 중 하나로 꼽히는 망주폭
포望主瀑布다. 혹자는 유배왔던 선비가 흘리던 눈물이라고도 한다. 그러고
보니 망주봉이라는 이름도 '주군인 임금을 그리워한다'는 뜻이다. 두 개
봉우리는 매일 아침 절을 올리던 선비와 그의 아내가 변한 바위라고 한다.
한이 맺혀 돌이 되었다는 전설은 망주봉만이 아니다.

　장자도 대장봉 중턱에는 장자 할매바위가 있다. 한 부부가 살았는데 남
편이 과거 보러 한양으로 떠나자, 부인은 날마다 아이를 업고 이곳에 올라
남편을 기다린다. 실력 탓인지 운이 없었던 탓인지 여러 해 동안 좋은 결
과를 얻지 못했다. 젊은 아내가 할매로 늙을 만큼 세월이 흐른 어느 날 드
디어 남편이 돌아온다. 그런데 남편이 첩을 몽땅 데리고 오는 것처럼 보

여, 분노와 배신감으로 돌아선 채 돌이 되었다고 한다. 그 순간 남편과 함께 오던 이들도 모두 돌이 되고 말았다. 장자 할매바위는 바다 건너 횡경도 할배바위와 쌍을 이루고 서 있어 그럴싸한 전설로 남았다. 남편이 데리고 온 것은 소첩이 아니라 과거에 급제하여 역졸들을 데리고 들어오고 있었던 것이라는 말도 있는데 여하튼 기도발 좋은 영험한 바위라는 소문이 있다. 지금은 흉물스러운 폐가로 버려졌지만, 두어 칸 남짓한 옛 사당에는 간절한 뭔가를 가진 누군가 알게 모르게 다녀간 흔적이 남아 있다.

섬은 버려지는 곳이었다. 제주와 진도 그리고 거제를 비롯한 남해의 섬이 조선 초기의 주된 유배지였다. 후기로 넘어가면서 신안 앞바다와 멀리는 흑산도 그리고 고군산 일대 섬들도 귀양지로 쓰였다. 추사 김정희와 제주도, 「어부사시사」를 지은 윤선도와 보길도, 『자산어보』의 저자인 정약

전과 흑산도 이야기는 잘 알려져 있다.

고군산군도 일대 섬도 유배지에서 빠지지 않았다. 말도에는 심판서라는 사람이 유배 왔다 풀려나갔다는 말이 전하고, 『조선왕조실록』, 『승정원일기』, 『일성록』 등 각종 사료에서 확인된 인물만 해도 100여 명에 달한다. 조선 후기 문필가로 알려진 이건창의 기록도 남아 있다.

강화도 출신인 이건창은 고종 때 사람이다. 열강들이 전함을 끌고 와 개항을 요구하고 관리들의 부정부패가 극심해 민심이 흉흉하던 시절이었다. 15세 나이로 최연소 과거급제할 만큼 수제였고, 천성이 강직하고 청렴했다. 고종의 명으로 충청도와 경기도 일대 암행어사를 했는데 충청도 관찰사 조병식을 탄핵하려다가 도리어 모함을 받아 유배 갔다. 승정원 승지 시절 상소 사건에 휘말려 또 유배 가고, 친일파에게 미움을 받아 고군산군도로 세 번째 유배 온다.

선유도 망주봉을 바라보던 이건창의 심경은 어떠했을까. 기울어가는 국운과 들끓는 민심으로 나라의 내일을 기약할 수 없던 시절, 귀양살이 처지의 선비가 느꼈을 무력감을 생각해본다. 다행히 두 달 만에 해배되어 고향으로 돌아갔으나 세상과 인연을 끊다시피 지냈다고 한다. 송파와 강화도 그리고 하남시에 그의 불망비가 남아 있다. 그를 알아주었던 선비들과 백성들의 신망이 돌에 새겨져 있다.

글을 배운 탓에 세상을 알게 되고, 옳고 그름을 따질 줄 아는 탓에 선비 된 도리를 다하려 했던 사람. 대쪽 같고 바른말 좀 할 줄 아는 지식인의 팔자는 예나 지금이나 그리 달라지지 않은 듯싶다. 주군에게 버림받고 세상으로부터 잊혀야 하는 운명을 받아들이기란 쉽지 않다. 그렇다고 역사가 기억해줄 거라는 보장도 없다. 얼마나 큰 한이 맺혔으면 바위산이 된 것일까.

버려진 섬마다 꽃이 피었다

버려진 섬마다 꽃이 피었다

『칼의 노래』는 이렇게 시작하고 있다. 군살 없이 뼈만 발라진 충무공의
글귀들,『난중일기』에 혼을 불어넣어 침묵의 바다로 살아 있는 이순신을
불러오는 김훈은 차라리 영매다. 독자는 시공간의 차원이 뒤틀린 틈으로
빨려들어, 4백여 년 전 살육으로 유린당한 조선의 바다를 바라보는 한 무
인의 고뇌 속으로 빙의되고 만다. 우리 가슴에서도 그의 칼이 울음을 울
고, 그가 치러야 했던 보이지 않는 전쟁처럼 물러설 곳 없는 사지死地에서
운명은 잔인했다. 죽음은 쉽고 남겨진 삶은 버거웠다. 적에 맞서 싸우다
죽고, 도망치다 잡혀 죽고, 물에 빠져 죽고, 굶어 죽고, 역병에 걸려 죽었
다. 전쟁이 불러온 죽음은 적과 아를 가리지 않았고 바다 위에 뒤엉킨 시
체들 너머 죽음의 세계는 보이지 않았다. 수습되지 않은 주검들은 바다가
삼켰다. 그리고 침묵했다. 사람이 떠난 섬에도 봄이 찾아왔다. 꽃은 피었
다. 그 바다에서 그의 칼이 울었다. 작가는 그 울음을 노래라고 불렀다.

1597년, 정유년에 적들은 다시 몰려왔다. 전쟁은 잠시 소강상태에 빠졌
지만, 이미 유린당한 영토는 조선의 것이 아니었다. 남의 손에 넘어간 강
화협상은 결렬됐다. 그해 정월, 임진년에 선봉에 섰던 가토가 이번에도 빗

장 풀린 겨울 바다를 앞서 건너왔다. 저항은 없었다. 땅과 바다를 그리고 도성과 백성을 내어준 이들은 무력했다. 무력할수록 임금의 교시는 조바심을 냈고, 전선이 밀릴수록 조정은 승전보에 목말라했다. 그 난리 통에 충청, 전라, 경상의 바다를 지키는 삼도수군통제사가 체포됐다. 이순신은 한산 통제영에서 포승줄에 묶여 의금부로 끌려갔다. 기동 출격 명령에 따르지 않은 죄, 조정을 능멸한 죄를 물었다. 고문을 당했으나 죽음은 면했다. 그는 백의종군했다. 원균이 그의 후임이었다. 여름, 조선 수군은 칠천량에서 패했다. 참담하게 무너진 회복 불능 상태로 곤두박질쳤다. 전함 3백 척 이상이 깨어졌고, 삼도 수군이 전멸했으며, 경상 해안 일대가 적의 수중에 떨어졌다. 한산 통제영은 왜적이 아닌 도망치던 조선 수군에 의해 불태워졌다. 그가 다시 임명됐다. 인계받은 12척 판옥선, 그가 쥔 한 움큼이 곧 조선 수군의 전부였다. 명량 전투는 거기서부터 시작해야 했다.

이순신은 명량에서 크게 이겼다. 그의 말대로 천행이었다. 이겼으나 아직 전쟁이 끝난 것은 아니었다. 도망치는 적선을 뒤쫓지 않았으나 수평선 너머에서 적들은 다시 몰려올 것이다. 척후를 띄워 퇴주하는 적의 동태를 놓치지 않았다. 패배한 적들은 희생양을 찾았다. 명량에서 살아남은 잔당 무리가 해남반도에 올라 분탕질을 놓았다. 혈안이 된 적의 세작들이 얼마 남지 않은 조선 수군의 행적을 더듬어왔다. 두려움에 사로잡힌 그들의 촉수는 허둥대고 있었다.

전투가 끝나고 며칠 날씨는 계속 맑았다. 바람은 약하고 물살이 순했다. 다행히 적들은 나타나지 않았다. 암태도에 잠시 머물던 함대는 칠산 앞바다와 위도를 거쳐 고군산군도까지 물러났다. 성벽처럼 둘러친 무산십이봉을 울타리 삼아 수군 진이 있는 선유도 안쪽바다는 호수 같다. 싸울 자리도 아니지만, 더더욱 죽을 자리도 아니다. 막힘없이 터진 바깥 바다는 경계에 유리하고 기습에 불리하다. 해안을 따라 놓인 봉화는 공격에 불리하고 방어에 유리하다. 섬과 섬들이 조밀한 내해에서 대규모 작전이 곤란하지만, 소규모 기동 작전은 효과적이다. 먼바다의 큰 파도를 넘어야 하는 왜선의 용골은 암초가 많고 바다가 수시로 들고나는 조선의 연안에서 무력하다.

조선 수군은 고군산에서 열흘 넘게 머물렀다. 지친 병사들을 쉬게 하고 부서진 전함을 수리했다. 승전 소식을 전해 듣고 찾아오는 이들이 빈손으로 오지 않았다. 허기진 배를 채우지는 못해도 기력을 회복할 수 있었다. 먹을 것보다 칠천량의 패배를 딛고 일궈낸 기적 같은 승전에 병사들 사기는 충만했다. 음력 구월 가을 바다는 바뀌는 계절에 몸살을 앓았다. 하늘은 맑았지만 사나운 북풍에 파도가 들끓었다. 충무공은 비로소 아팠다. 놓을 수 없었던 긴장이 풀려나가자 몸속 깊이 파고든 고문의 상처가 찬바람

밍주봉에서 바라본 선유도해수욕장

을 낌새채고 재발했다. 바깥출입을 하지 못했다.

임금에게 올릴 승첩에 관한 장계를 고쳐 썼다. 깨어진 적선과 베어낸 적의 머리 숫자를 두고 고심했다. 부관이 올린 초계의 문장은 승리에 들떠 있었다. 하지만 적을 물리친 그 칼이 언제든 자신의 목을 겨누게 될 것임을 모르지 않았다. 두려움에 사로잡힌 칼은 사람을 구분하지 않았다. 적들도, 백성들도 그리고 임금과 조정의 신하들도 두려워하고 있었다. 저마다의 셈법이 달랐지만, 전란을 겪고 있는 임금의 고뇌를 헤아려야 했다. 그는 조선의 바다에 어두웠고 왜적의 조총 소리가 들리지 않는 곳에 머물러 있었다. 임금의 교지는 자주 울었고 걱정으로 늘 잠 못 이룬다고 적혀 있었다. 그의 근심의 뿌리는 왜구들을 무찌른 난세의 장수가 임금을 몰아내고 나라를 다시 세웠던 피의 역사까지 뻗쳐 있었다. 의심의 눈길로 장계의 문장 하나하나를 뒤지고 역모의 냄새를 맡으려는 용안을 살펴야 했다. 고쳐 쓰고 고쳐 썼다. 그럴수록 살점이 떨어져 나가고 뼈만 남았다. 일기에는 몸이 느끼는 고통인지 마음에 맺힌 아픔 때문인지 분간할 수 없어 몸이 좋지 않다고만 적어 남겼다. 바람에 막혀 되돌아왔던 장계와 판관은 이튿날 다시 올라갔다.

아산에 있는 고향 집이 무사할까 싶었는데 아니나 싶게 막다른 길에 몰린 왜적의 칼을 피하지 못했다. 분탕질을 당했다는 전갈을 병조의 공문을 가져온 일꾼으로부터 전해 들었다. 편지조차 쓰지 못했다. 대신 아들 회를 보냈다. 음력 시월 초사흘, 새벽에 배를 띄워 법성포로 돌아갔다. 고군산은 숨어서 쉴 자리지만 싸워서 죽을 자리는 아니다. 아직 적들은 조선의 바다에서 물러가지 않았다. 오래 머물 수 없었다. 진격을 머뭇거리는 적을 앉아서 기다릴 수도 없었다. 적들이 있는 곳이 그가 가야 할 곳이고 죽는다면 조선의 바다 어디쯤이 될 것이었다. 북에서 몰아닥치는 세찬 바람에 남진하는 그의 함대가 떠밀려갔다.

천년 역사를 품은 섬

6일 정해丁亥에 아침 밀물을 타고 항해하여 진시에 군산도에 이르러 정박하였다. 그 산은 열두 봉우리가 잇닿아 둥그렇게 들어서 있는 것이 성城과 같다. 6척의 배가 와서 맞아 주었는데, 무장병을 싣고 징을 울리고 호각을 불며 호위하였다. …… 배가 섬으로 들어가자 연안에서 깃발을 잡고 늘어서 있는 자가 백여 명이나 되었다. …… 접반사接伴使가 채색으로 치장한 배를 보내어 정사正使와 부사副使에게 군산정群山亭으로 올라와 만나주기를 청하였다. 그 정자는 바다에 닿아 있고, 뒤는 두 봉우리에 의지하고 있는데, 그 두 봉우리는 나란히 우뚝 서 있어 절벽을 이루고 수백 길이나 치솟아 있다. 문밖에는 관청 건물 10여 칸이 있고, 서쪽에 가까운 작은 산 위에는 오룡묘伍龍廟와 자복사資福寺가 있다. 또 서쪽에는 숭산행궁崧山行宮이 있고, 좌우 전후에는 민가 10여 호가 있다. ……

– 『선화봉사고려도경』 36, 「해도」 3, 군산도 국립문화재연구소, 『고군산군도』(2000) p12 재인용

1123년 고려 인종 원년에 송나라 사신으로 고려에 다녀갔던 서긍徐兢의 기록이다. 역사학자들은 이 범상치 않은 기록을 두고 다각적인 분석을 시도한다. 문헌에 드러난 건물의 위치와 쓰임새 그리고 당시 의전의 규모와 더불어 배치되었던 군사의 수를 근거로 고군산의 위상과 더불어 고려와 송나라 사이에 외교관계와 무역 항로는 물론이고 방향을 잘못 잡은 사소

선유도 망주봉 정상에서

한 오류까지 추론해낸다. 인근에서 발굴된 기와 파편이나 흔적을 통해 숭
산행궁의 위치를 어림잡고 망주봉 앞쪽으로 사신을 접대하는 객관이었던
군산정의 모습을 재현해내고 있다. 9백 년 전 고군산의 중심이었던 선유
도의 풍광이 되살아나고, 뱃길을 통해 세계와 소통했던 고려의 바다가 다
시 펼쳐진다.

12세기 고려의 바다는 열려 있었다. 수도인 개성으로 들어가는 예성강
하류, 벽란도는 국제무역의 중심지였다. 비단과 서적, 약재와 악기를 실은
송나라 무역선은 산동의 등주를 출발해서 벽란도까지 서해를 횡단했다.
멀리 남쪽 바다를 돌아오는 해로도 있었다. 절강의 명주로부터 흑산도와
서해 연안의 섬들을 거쳐 예성강에 이르는 항로였다. 벽란도에는 특별히
송나라 사신만을 위한 객사도 따로 있었다. 상인들은 돌아갈 때 금과 은,

나전칠기, 화문석과 인삼 같은 고려의 특산품을 실었다. 특히 인삼은 고려의 존재를 다른 세상에 널리 알리는 톡톡한 역할을 했다. 아라비아와 페르시아 배들도 수은과 향신료, 산호 같은 물건을 싣고 중국해를 거쳐 서해로 이어지는 물길을 탔다.

대장봉에서 바라본 관리도

송나라와 고려 사이의 교역은 11세기부터 약 2백여 년에 걸쳐 활발하게 진행되는데, 송에서 고려에 보낸 사신도 30여 차례나 된다. 서긍 일행역시도 5월 24일 명주를 떠나 소흑산도를 거쳐 6월 5일 위도에서 하룻밤을 지낸다. 『선화봉사고려도경』에 기록된 선유도 일정은 바로 다음 날이다. 당시 접반사로 서긍 일행을 맞았던 사람은 훗날 『삼국사기』를 편찬한김부식이다. 사절단 규모는 정사인 노윤적과 부사인 서긍을 포함하여 2백명이 넘었고 배도 8척이나 되었다. 서긍 일행은 고려에서 약 3개월을 머물렀고, 이때 보고 들었던 일들을 담은 책이 바로 『선화봉사고려도경』이다. 이 책은 당시 서해안 무역 항로에서 선유도를 비롯한 고군산군도가 중요한 위상을 차지하고 있었음을 말해준다. 사절단 일행이 송나라로 돌아갈 때 밤에는 서해안을 따라 이어지는 봉수대에서 봉홧불을 피워 뱃길을 밝혔다고 한다. 지금도 고군산군도 해역에서 흔히 발견되는 난파선들은 9백여 년 전 당시 선유도 앞바다의 기억을 품고 있다.

하지만 고려 시대 후반 왜구의 출현으로 고군산군도의 풍경이 달라진다. 1323년 6월 군산도(현재의 고군산군도)에 침입하여 개성으로 가는 조운선을 습격했다. 왜구의 침입과 약탈은 점차 빈번해지고 규모도 커지다가 마침내 1380년 8월 500척에 약 1만여 명의 병력이 진포(현재의 군산)로 쳐들어왔다. 이 침략에 맞서 화포를 실은 전함을 이끌고 왜선들을 모조리 불지른 전투가 유명한 최무선의 진포대첩이다. 퇴로를 잃은 잔당들이 내륙으로 숨어들어 노략질로 버티지만 남원 운봉에서 또 다른 고려의 무장이었던 이성계에게 소탕되고 만다.

고려가 망하면서 새로 들어선 조선의 바다는 문을 닫는다. 진포대첩과 같은 승리에도 불구하고 새로 들어선 나라는 바다를 지킬 여력이 없었다. 태종은 멀리는 울릉도와 독도, 흑산도와 영산도부터 섬들의 백성을 육지로 불러들여 섬을 비우는 이른바 공도정책空島政策을 폈다. 세종에 이르러서는 선유도에 있던 수군 기지도 진포로 옮기면서 부르던 이름도 따라갔다. 섬이 많이 모여 산처럼 보여 군산진群山鎭이라 불리던 이름을 내어주고 부르던 지명 앞에 '고'古자가 붙었다. 오늘날 새만금 앞바다 16개 유인도와 40여 개의 무인도를 이루는 고군산군도古群山群島라는 명칭은 이렇게 생겨났다.

섬들이 사라지고 있다
- 닫는 글

육지는 늘 바다를 탐해왔다. 인간이 발 딛고 사는 곳이 육지였기 때문이다. 만약 인류가 어류처럼 바다에서 진화했다면 지구의 풍경은 지금과 많이 달라졌을 것이다. 초기 인류의 조상이 먹고 버린 조개무덤이 강과 바다를 끼고 있는 이유는 단순하다. 손쉽게 먹을 것을 구할 수 있었기 때문이다. 땅을 일궈 농사를 짓기 훨씬 이전부터 사람은 바다에서 건져낸 것을 먹어왔고, 먹고 남은 것을 바다에 버려왔다.

남겨진 기록의 궤적을 더듬어가면, 지난 한 세기 내내 전라북도의 땅이 바다로 뻗어나간 흔적을 추적할 수 있다. 노인들이 전하는 말로는 대한제국 말기, 당시 선혜청 당상관이었던 이완용이 만경강 인근 옥구읍 남안을 간척했다는데, 동진강 줄기를 조금만 따라 거슬러 오르면 간척의 뿌리는 삼국시대까지 뻗어간다. 벽골제는 제방을 쌓아 물길을 막고 습지를 메워 농사지을 땅을 개간해왔던 농도農道의 자랑찬 역사다.

나라의 주권을 잃고 땅을 내어주었던 일제강점기에도 간척의 역사는 이어졌다. 1920년대 일본인 아부가 설립한 동진농업주식회사는 동진강 하류 북단에 광활 방조제를 쌓고 간척지에 대규모 이민촌을 세웠다. 또 다른 일본인은 군산 옥구 옥서면과 미성동 지역에 펼쳐진 갯벌을 메워 농지를

조성했다. 입이도와 무의인도, 가내도 3개 섬은 그때 사라졌다.

계화도가 육지가 된 것은 해방 이후, 1960년대다. 일제가 구상했다가 패전으로 무산된 이 사업은 '한국 최초의 대규모 간척사업'이라는 이름으로 다시 추진되었다. 계화도를 가운데 두고 두 개 방조제로 바다를 막아 안쪽에 농경지를 만들었다. 농사지을 물은 멀리 섬진강댐을 막아 산을 넘겨 끌어왔다. 수몰된 산골 마을 주민들을 바닷가 간척지로 이주시켰다. 공사를 시작하고 20년이 넘어서야 겨우 농사를 지을 수 있었고 실향민들도 이주를 시작할 수 있었다. 품질 좋은 계화미를 생산해내는 2,741ha 광활한 이 땅은 조성 당시 '광복 이후 최대 간척지'로 아직껏 '우리나라 식량 증산에 크게 기여했다'는 평가를 받고 있다. 부안 앞바다에 떠 있던 섬, 계화도는 이때 육지로 편입됐다.

식량 자급과 더불어 또 다른 '조국 근대화의 상징'은 산업화였다. 토지의 용도는 달랐지만, 갯벌을 매립해서 땅을 얻으려는 시도는 다르지 않았다. 군산지방 산업단지(172만 평), 군산국가 산업단지(207만 평) 그리고 군장국가 산업단지 군산 지구(482만 평)라는 각각의 별칭에도 불구하고 5차례 진행된 단지 조성사업을 통해 새로 얻은 땅이 1671만여 평이었다. 간척과 매립은 국토 확장이라는 시대적 소명 앞에 아무런 죄의식도 없이 행해졌다. 오식도, 내초도, 장산도, 조도, 비응도가 역사 속으로 사라졌다.

하지만 기왕의 간척사업들은 전초전에 불과했다. 계획대로라면 서울 면적의 3분의 2, 여의도 면적의 140배 규모라는 신천지가 생긴다고 한다. '단군 이래 최대 간척사업'이라는 새만금 사업은 아직도 진행 중이다. 세계 최장이라는 방조제가 바다를 가로지르면서 마치 구슬을 실에 꿰듯 야미도와 신시도 그리고 두 개의 가력도를 육지로 이었다. 곧이어 신시도에서 장자도까지 뻗어간 연륙교는 선유도와 무녀도, 대장도까지 배가 아닌 차로 다닐 수 있도록 바꿔놨다. 바다를 잃어버린 섬이 언제까지 섬으로 기억될지 모르겠다.

배수갑문과 33센터 그리고 새만금 준공 탑이 놓인 신시도는 방조제 한중간이다. 높이 또한 33미터짜리 기념탑은 2010년 4월 27일 방조제 준공을 기념하여 세웠다. 안내문에는 '인간중심 녹색환경의 조화를 바탕으로 세계 속의 한국으로 뻗어나가는 약속의 터전에 디딤돌이 되기를 희망한다'고 적혀 있다. 탑 뒤편에 세 개 석판이 있다. 가득한 곡식 위로 풍력발전기와 비행기, 높이 솟은 마천루와 골프 치는 사람이 그리고 또 다른 석판에는 파도 위로 뛰어오른 물고기와 갈매기가 조각되어 있다. '새만금 대한민국 녹색 희망'이라고 새겨진 어느 대통령 필적이 놓인 가운데 석판에는 마지막 물막이 공사 장면도 담겨있다. 좌우에서 뒤를 마주한 덤프트럭이 바윗덩이를 쏟아내고 있고 환영인파로 보이는 사람들이 태극기와 현수막을 들고 있다. 돌에 새겨진 그들은 아직도 만세를 부르고 있다. 한쪽에는 이 사업에 공을 세운 이들의 이름도 남겨져 있다.

등 뒤로 정점을 넘긴 해가 기울어가지만 길어지는 탑의 그림자 저편에서조차 사라진 섬들의 이름은 찾아볼 수 없다. 육지의 포로가 된 이상, 아무리 작아도 바다 위에서 당당했던 섬들의 자존감은 희미해져 갈 것이다. 섬을 섬이라 부르던 이름은 더러 노인들의 흐릿한 기억을 떠돌다가 결국 잊혀질 것이다. 섬을 떠나간 아이들이 부모의 고향을 잊어가듯 파도로 키웠던 섬의 기억을 바다도 지워갈 것이다. 지도에서조차 찾을 수 없다.

새만금 준공 기념탑